안녕, 삐삐 롱스타킹

안녕, 삐삐 롱스타킹

✦ 전현정 글 ✦

삐삐에게 받았던
위로를 떠올리며
지금, 삐삐를
만나러 갑니다

김영사

차
례

지금 삐삐를
만나러 갑니다

유난히 이사가 잦았던 나의 유년 시절, 새로운 곳에서 친구를 사귀는 일은 쉽지 않은 통과 의례였다. 어색한 첫 만남을 지나 조심스레 말을 건네고 조금씩 마음을 열어 이제 좀 친해졌다 싶으면 또 이사하는 과정을 스물세 번이나 반복하는 동안에도 매번 만남과 헤어짐은 어려운 숙제 같았다.

그래서였을까, 언제부턴가 보고 싶을 때 볼 수 있고, 헤어질 걱정 따위 필요 없는 텔레비전이 사람 친구보다 더 가까운 친구가 됐다.

  지금처럼 어린이 프로그램이 흔치 않던 그 시절엔 더빙된 외화 시리즈의 인기가 꽤 높았다. 그중에서도 〈말괄량

지금 삐삐를 만나러 갑니다

이 삐삐Pippi Longstocking〉의 인기는 대단했다.

'삐삐를 부르는 환한 목소리~'로 시작되는 〈말괄량이
삐삐〉의 주제곡이 나오면 아이들의 고함 소리로 시끌벅
적하던 골목길은 텅 비고, 모두 각자의 집으로 돌아가
'삐삐의 세계'로 빨려 들어갔다. 그들 중에는 나와 내 동
생도 있었다.

아빠 엄마 말은 절대 진리고 무조건 복종해야 했던 때,
어른들의 권위에 도전하는 삐삐는 반항의 아이콘이자 또
다른 세상을 보여주는 창이었다.

그때까지만 해도 삐삐의 나라 스웨덴이 어디에 있는지
삐삐를 만든 작가가 누구인지도 몰랐지만, 그 시절 삐삐
는 나와 동생의 우상이었다.

누군가를 좋아하면 그 사람의 아주 사소한 것 하나하
나까지 따라 하게 되는 것처럼, 양 갈래 머리를 땋고 한
여름에도 긴 양말을 신고 원숭이 인형을 둘러멘 채 주제
곡을 따라 부르며 〈말괄량이 삐삐〉가 영원히 끝나지 않
기를 기도했다.

하지만 모든 일에는 엄연히 시작과 끝이 있다. 〈말괄량
이 삐삐〉의 마지막 편이 방송되던 날, 두꺼비호를 타고
떠나는 삐삐를 배웅하다 울음이 터져버린 삐삐의 친구들
처럼 결국 나도 눈물을 쏟고 말았다.

그렇게 하루라도 못 보면 죽을 것만 같던 삐삐에 대한 절절한 그리움은 첫사랑에 대한 기억처럼 시간과 함께 점점 흐릿해졌고, 나는 어느덧 삐삐의 아빠보다도 나이가 많은 중년에 접어들었다.

반복되는 일상에 지쳐있던 어느 날, 우연히 인터넷으로 본 〈말괄량이 삐삐〉는 30년 세월을 순식간에 거슬러 텔레비전 앞에서 주제곡을 따라 부르던 그 시절 소녀를 불러냈다. 그 순간, 삐삐가 사무치게 보고 싶었다.

다시 불붙은 팬심은 삐삐를 만들어낸 작가 아스트리드 린드그렌과 삐삐의 나라 스웨덴까지 뻗어나갔고, 스웨덴에 가서 직접 삐삐를 만나는 것이 어느덧 나의 위시 리스트가 됐다.

스웨덴에 갈 기회를 호시탐탐 노리던 내게 어느 날 문득 예술가 레지던스 프로그램 소식이 전해졌다. 삐삐에 대한 열정을 가득 담아 도전해서였을까, 나는 운 좋게 레지던스 작가로 선정됐다.

그래서 지금, 나는 삐삐를 만나러 스웨덴으로 간다.

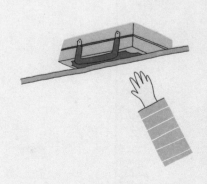

어른이 되기 싫은 삐삐

어른이 되는 건
시시해.
어른들은 재미가 없잖아.

칠릴러그
완두콩

열 살의 나는 하루라도 빨리 어른이 되고 싶었다. 그런데 열 살의 삐삐는 어른이 되기 싫어서 옷장 속에 있던 칠릴러그 완두콩을 꺼내 먹으며 어른이 되지 않게 해달라는 주문을 외운다. 삐삐의 말이라면 무조건 진리라고 생각한 나였지만 그 소원만큼은 어리석다고 생각했다.

어른이 되면 아이일 때보다 적어도 백 배쯤은 좋은 혜택이 많을 것 같았다. 숙제도 안 해도 되고 시험도 안 봐도 되고 텔레비전도 실컷 보고 게임도 마음대로 하고 엄마 잔소리도 안 들어도 되고. 그런데 왜 삐삐는 어른이 빨리 되게 해달라는 주문 대신 어른이 되지 않게 해달라는 소원을 비는 건지, 나로서는 이해가 되지 않았다.

수학 시험이 있는 날마다 배가 아프고 화장실에 가고 싶었던 나는 어른이 되면 적어도 이 지긋지긋한 수학 시험은 안 볼 수 있겠다는 생각에 하루라도 빨리 어른이 되고 싶었다.

지금 생각해보면 어른이 빨리 되고 싶었던 이유의 대부분은 어른이 돼야만 할 수 있는 특별한 계획이나 꿈 때문이 아니라 지금 당장 하기 싫은 것을 피하고 싶은 마음 때문이었던 것 같다.

빔메스뷔Vimmerby라는 스웨덴의 작은 시골 마을에서 자란 〈삐삐 롱스타킹〉 시리즈의 작가 아스트리드 린드그렌은 아이들은 어른에게 무조건 순종적이어야 하고 훈육을 위해서라면 아이들에 대한 체벌조차 묵과하는 분위기 속에서 성장했다.

유년 시절의 비이성적이고 폭력적인 어른을 향해 복수를 하고 싶었던 걸까? 아스트리드는 삐삐가 사는 마을에 등장하는 어른들을 우스꽝스럽고 탐욕스럽고 이기적으로 표현하곤 했다. 삐삐가 칠릴러그 완두콩을 삼킨 이유도 그렇고 그런 시시한 어른이 되고 싶지 않은 마음 때문이었을 것이다.

어른과 어린이를 합친 '어른이'라는 신조어 속에는 누구나 유년 시절로 돌아가고 싶은 마음과 돌아가고 싶지 않

칠릴러그 완두콩

은 마음이 공존한다. 삐삐와 함께 칠릴러그 완두콩을 삼키기 직전, 아니카는 진짜 어른이 될 수 없을지도 모른다는 생각에 망설이다 칠릴러그 완두콩을 삼키지 못한다.

지루한 어른들의 세계로 들어가는 것에 대한 두려움과 어쩌면 신나는 일이 기다리고 있을지도 모른다는 기대감이 교차했기 때문인지도 모르겠다.

지금 이 자리에 머물고 싶은 마음과 두려워도 안 가본 길을 가보고 싶은 마음은 늘 충돌한다. 백 살의 노인도 백 살은 세상에서 처음 맞는 나이이고 백한 살이 되는 것이 설레고 두려울 것이다.

더 이상 늙지 않고 지금 이대로 머물게 해주는 칠릴러그 완두콩이 있다면 삼키는 사람이 많을까 삼키지 않는 사람이 많을까?

영화 〈매트릭스〉에서 레오가 진실을 알기 위해 빨간 약을 택한 것처럼, 미지의 세계에 대한 호기심이 마지막 결정의 순간에 칠릴러그 완두콩을 삼키지 못하게 막을지도 모르겠다.

이야기 속에는 나오지 않았지만 어쩌면 삐삐도 칠릴러그 완두콩을 삼키려다 마지막 순간, 마음이 바뀌어서 뱉었을지도 모른다.

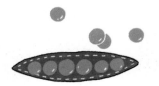

"시간이 흐르고
우린 나이를 먹지.
올 가을이면
난 딱 열 살이 돼.
인생에서 가장 좋은 시절을
맞게 되는 셈이야."

_《꼬마 백만장자 삐삐》중에서

슈퍼 파워의
비밀

목소리가 가진 힘은 저마다 다르다. 홈쇼핑 광고에서 나오는 목소리처럼 당장 물건을 사지 않으면 안 될듯 마음을 급하게 만드는 목소리가 있는가 하면 향초를 킨 것처럼 마음을 가라앉히는 목소리도 있고, 탄산음료를 들이킨 것처럼 마음을 들뜨게 만드는 목소리도 있다.

토미와 아니카보다 한 옥타브쯤 높고 말하는 속도도 빠른 삐삐의 목소리를 듣고 있으면 무슨 일이든지 할 수 있을 것 같은 자신감이 생겼다. 적어도 그 당시 나에겐 그랬다.

어린 시절 또래에 비해 왜소하고 약했던 나는 바깥에서 하는 놀이가 별로 재미있지 않았다. 고무줄뛰기는 시작하자마자 몇 초도 안 돼 줄에 걸렸고, 공기놀이를 할 때는 손이 작아서 공깃돌들을 한 손으로 잡을 수도 없었다. 숨바꼭질은 했다 하면 무조건 술래는 내 몫이었다.

그러다 보니 친구들도 차츰 나와 노는 걸 꺼려했고, 나 역시 별로 끼고 싶지 않았다. 친구와 어울려 노는 것보다 바람을 가르며 달리기를 하고 집채만 한 말도 번쩍 들어 올리고 지붕 위에서도 가볍게 뛰어내리는 초능력을 가진 삐삐를 보며, 대리 만족하는 것이 더 신나는 일이었다.

그 무렵 같은 아파트에 사는 아이들 사이에서 1미터 정도 깊이의 쓰레기장 구덩이로 뛰어내리는 무모한 담력 테스트가 유행했다. 다이빙대에서 뛰어내리듯 차례차례 뛰어내리는 아이들을 구경하고 있을 때였다.

"넌 절대 못 해."

내 등 뒤에서 한 아이가 픽 웃으며 말했다. 그 말에 오기가 발동한 나는 아이들 틈에 줄을 섰다. 그런데 막상 내 차례가 돼 아래를 내려다보니 정신이 아득해지면서 절로 뒷걸음이 쳐졌다.

"뭐해? 뒤에 기다리잖아. 빨리 뛰어."

재촉하는 아이들의 목소리를 뒤로 한 채 나는 고개를 떨구고 뒤돌아설 수밖에 없었다. 집으로 돌아오는 내내 아이들의 비웃는 소리가 귓가에 맴돌았다. 그날 저녁, 텔

슈퍼 파워의 비밀

삐삐가 외친 기합을 마술 주문처럼 중얼거리며

나는 한 치 망설임도 없이 새처럼 가볍게 뛰어내렸다.

레비전 속에서는 삐삐가 바위에서 뛰어내리는 연습을 하고 있었다. 힘찬 기합 소리와 함께.

그 순간, 정전된 방에 반짝하고 불이 들어오듯 내 머릿속에 뭔가 떠올랐다. 다음 날 나는 분홍색 보자기를 목에 두르고 곧장 쓰레기장으로 갔다. 비장한 각오로 나타난 내 모습에 아이들도 놀란 눈치였다. 친구의 만류를 뿌리치고 나는 다시 한 번 점프대 앞에 섰다.

"날아, 날아, 날파리, 날아, 날았다."

삐삐가 외친 기합을 마술 주문처럼 중얼거리며 나는 한 치 망설임도 없이 새처럼 가볍게 뛰어내렸다. 실패는 내 계획에 없었다.

그런데 내 기억은 딱 거기까지다. 눈을 떴을 때는 머리에 붕대를 감은 채 이불 위에 누워있었다. 나중에 알고보니 쓰레기장에서 떨어진 충격으로 기절한 나를 지나가던 이웃이 발견해 집에 데려왔다고 했다.

얼마 전 유튜브를 기웃거리다가 스웨덴어 버전의 〈말괄량이 삐삐〉 시리즈를 발견했다. 그런데 스웨덴 말을 하는 삐삐는 무척 낯설었다. 어른들이 모르는 비밀을 알 것 같고, 아이들에게 힘과 희망을 불어넣던 카리스마 넘치던 삐삐는 거기에 없었다. 스웨덴 말을 하는 삐삐는 토미와 아니카처럼 그냥 평범한 또래 아이 그 이상도 이하도 아니었다. 스웨덴 말로 기합 넣는 삐삐를 봤다면 그날 나는 쓰레기장에서 뛰어내리지 않았을지도 모르겠다.

삐삐의 그 슈퍼 파워는 아무래도 한국 성우의 목소리에서 나온 게 아닐까.

슈퍼 파워의 비밀

"오늘은

내가 가장 멋지게 보일 거야."

_《내 이름은 삐삐 롱스타킹》 중에서

스핑크를
아시나요?

삐삐가 만든 만능 단어 '스핑크'. 스핑크는 셀 수 없이 많은 뜻을 가지고 있다. 때론 숨바꼭질 같은 놀이가 되기도 하고 때론 사탕 가게의 마법 사탕이 되기도 한다.

또, 한 번도 본 적 없는 스핑크를 찾아 온 동네를 헤매기도 한다. 그러던 어느 날 삐삐는 동네 병원 의사를 찾아간다.

"스핑크에 걸린 것 같아요."

"넌 무척 건강한 것 같구나. 그런 네가 스핑크를 앓고 있을 리가 없어."

삐삐를 진찰한 의사의 표정은 진지했다. 대충 알아들은 척하고 맞장구치는 것이 아니라 스핑크의 정체가 무엇인지 알고 있는 게 분명한, 확신에 찬 표정이었다. 그 순간 스핑크는 세상에 존재하는 진짜 '말'이 됐다. 누군가의 말을 온전하게 이해한다는 건 어쩌면 그 사람의 세계 전부를 이해하는 것과 같다.

이사를 자주 했던 나는 친구와 노는 것보다 혼자 누워서 공상하는 시간이 더 많았다. 누워서 책꽂이에 꽂힌 책의 제목을 거꾸로 읽기도 하고, 이 책과 저 책에 나온 글자를 조합해 새로운 말을 만들어 혼자 하루 종일 중얼거리기도 했다.

새로 만든 말을 사람들에게 가르쳐주면 반응은 둘로 나뉘었다. 마치 세상에 처음부터 그 말이 있었던 것처럼 자연스럽게 맞장구치며 같이 그 말을 쓰는 사람들과 그런 바보 같은 말이 어디 있냐고 비웃는 사람들로. 긍정적인 반응을 보이는 쪽은 대부분 아이들이고 부정적인 반응을 보이는 쪽은 대부분 어른들이었다.

친구들에게 "지금부터 이건 곰북, 저건 맹기, 나머지는 구롱기야." 하고 말을 시작하는 순간부터 나만의 말은 우리의 말이 됐다. 삐삐가 만들어낸 스핑크처럼 새로 만든 말은 몸에 딱 맞는 맞춤옷처럼 자연스러웠다.

말에 대한 어떤 설명도 필요 없었다. 우린 그냥 그 말에 담긴 의미를 완전히 이해했다. 아이들이 모일 때마다

새로운 말들이 만들어지고 또 사라졌다. 그렇게 우리는 우리만의 언어로 대화를 나눴다.

　시간이 지날수록 스핑크의 기억은 조금씩 흐릿해졌고, 언젠가부터는 더 이상 새로운 말도 만들지 않았다. 어른 들의 세계엔 스핑크보다 훨씬 근사하고 다양한 말들이 존재했다.

　화려하고 세련된 말부터 발음조차 어려운 외국어며 한 번 들으면 절대 잊혀지지 않는 멋진 문장까지. 책이나 영화에서 들었던 대사를 인용하기도 하고, 누군가의 근 사해보이는 말투를 흉내 내며 말로 나 자신을 치장하는 법도 터득해갔다.

　그러는 사이, 나는 점점 나만의 말을 잃어갔다. 지금을 살아가는 우리는 수만 가지 다양하고 화려한 어휘를 써 가며 상대와 대화를 나눈다. 그리고 상대를 온전히 이해 하게 됐다며 스스로 만족한다.

　하지만 세상에 존재하지도 않는 고작 몇 개의 단어, 눈 빛, 때론 침묵으로 서로 이야기를 나누던 그 시절보다 누 군가의 마음을, 그 사람의 세계를 더 깊이 공감하게 됐는 지는. 글쎄, 모르겠다.

"뭘 찾게 될지는
두고 봐야 알지.
무엇이든 찾긴 찾을 테니까."

《내 이름은 삐삐 롱스타킹》 중에서

희망 직업,
발견가

심심해하는 토미와 아니카를 위해 삐삐는 진정한 '발견
가'가 되는 비법을 전수한다. 셋은 뒤죽박죽 별장 주변의
풀밭과 수풀, 나무 그루터기 안팎을 어슬렁거리며 양철
통도 발견하고 잠든 노인도 발견하고 이것저것 버려진 물
건들을 찾아내기도 한다.

그중에는 먹음직스러운 간식거리나 가죽 표지를 한
노트, 진주 목걸이 같이 쓸 만한 물건들도 있다. 예상치
못한 물건을 손에 넣고 기뻐하는 토미와 아니카를 향해
삐삐는 의기양양하게 말한다.

"세상에 발견가만큼 멋진 직업은 없어."

길가에서 이름 모를 꽃이라도 발견하려면 잠시 멈춰

서서 들여다보고 음미할 시간을 가져야 하는데, 에스컬레이터조차 걷지 않고 뛰어서 내려가는 바쁜 일상 속에서 발견의 기회를 포착하기는 쉽지 않다.

그런데 따지고 보면 꼭 바빠서라기보다 일상의 거의 모든 자투리 시간을 휴대폰 들여다보는 데 할애하기 때문일지도 모르겠다. 영원히 끝나지 않는 스크롤 위에 영혼을 내려놓고 무의식적으로 타인의 삶을 훑어보는 사이, 정작 내 주변의 무언가를 발견할 기회는 놓치고 만다.

처음 SNS가 등장했을 때만 해도 온라인상의 일기처럼, 교환 편지처럼 현실의 삶에서 내가 발견하고 경험한 기록을 주변 사람들과 공유하는 순기능이 있었다. 하지만 지금은 반대로 SNS에 기록을 남기기 위해 물건을 사고 맛집을 찾고 여행을 가며 현실의 삶에서 끊임없이 이벤트를 만든다.

어쩌다 집 앞에서 길고양이 한 마리를 발견해도 시선을 제대로 마주치기도 전에 휴대폰 카메라 셔터를 누르기 바쁘다. 그중 제일 잘 나온 사진 한 장을 골라 빛의 속도로 편집해 인스타그램에 올리고 '하트'를 기다린다.

그사이 말 한 번 건네보지 못한 고양이는 이미 자리를 떠나고 없는데 사진 속 고양이와 나는 꽤 친한 관계인 것처럼 포장된다. 이렇게 인터넷에 올라온 수많은 발견은

희망 직업, 발견가

'하트' 하나로 마침표가 돼 그 자리에 머물 뿐, 현실에서까지 관계가 연결되고 확장될 가능성은 드물다.

고작 양철통 하나를 발견했을 뿐이지만 삐삐와 친구들은 함께 기뻐하고 어떻게 사용할지 새로운 쓸모에 대해 서로의 생각을 나누며 공통의 추억을 만든다. 삐삐와 친구들이 그랬던 것처럼 현실에서의 발견은 관계를 더 끈끈하고 건강하게 만든다.

제법 쌀쌀해진 스톡홀름의 가을 오후, 지하철역에서 빠져나와 서둘러 집으로 향하는 길이었다. 어둑어둑해진 호숫가 옆 숲에 사람들이 옹기종기 모여 앉아 뭔가를 찾고 있었다.

한국에서 봄이 되면 사람들이 강둑이나 들에서 냉이와 쑥을 캐듯, 스웨덴 사람들은 버섯을 딴다. 느타리버섯처럼 생긴 황금색 버섯은 풍미가 좋아서 버터와 소금과 후추만 넣고 살짝 볶기만 해도 근사한 요리가 된다.

지하철에 타도 모르는 사람에게 절대 먼저 말을 거는 법이 없는 무뚝뚝한 스웨덴 사람들도 버섯을 따는 동안엔 시종일관 화기애애했다. 단순히 공짜 버섯을 따서가 아니라 자연에서의 발견을 사람들과 공유한 까닭에 마음이 풍성해진 건 아닐까.

나와 눈이 마주친 할머니 한 분이 미소 띤 얼굴로 손

을 흔든다. 나도 손을 흔들어 화답했다.

발견의 경험은 나 혼자가 아니라 누군가와 나눌 때 더 오래가고 유의미해진다.

"세상은
물건들로 가득 차 있어.
그러니 누군가가
그것들을 찾아내야 한다고."

_《내 이름은 삐삐 롱스타킹》 중에서

일탈은
공중화장실에서

누군가와 비밀을 공유할수록, 그리고 그 비밀이 금지된 것일수록 친밀함의 농도는 짙어진다. 거기에 아지트까지 더해진다면 관계는 급속도로 발전한다. 토미와 아니카는 '뒤죽박죽 별장'이라는 아지트에서 평소에는 절대 해볼 수 없는 금지된 것들을 함께하면서 삐삐와 순식간에 친해졌다.

평소에 나름대로 준법정신이 투철하다고 생각하는 내가 남의 나라, 그것도 삐삐의 나라에서 일탈을 할 줄은 상상조차 못했다. 심지어 화장실이란 공간에서 말이다.

스웨덴에서 가장 난감한 것 중 하나는 화장실 찾기다. 일단 사용하는 사람에 비해 절대적으로 개수가 부족한

데다, 대부분 유료 화장실이다. 심지어 공중화장실이 없는 지하철역도 종종 만난다. 사정이 이렇다 보니 화장실 찾아주는 앱이 있을 정도다.

내가 스웨덴에 머무는 동안 자주 들른 장소 중 한 곳은 스톡홀름 중심가에 자리한, 세계에서 가장 아름다운 도서관으로 손꼽히는 스톡홀름 시립도서관이었다. 이곳의 화장실 사정도 크게 다르지 않았다. 유료인데다 개수가 턱없이 부족해서 비 오는 날이면 화장실 앞에는 긴 줄이 늘어섰다.

도서관 화장실은 화장실 문에 부착된 카드 정산기로 정산을 하면 자동으로 문이 열렸다가 나오면 자동으로 문이 잠기는 방식이었다.

스웨덴 친구 에밀리가 들려준 도서관 화장실에 얽힌 비화는 심각하게 잔인했다. 어느 날 배탈이 난 에밀리는 평소보다 화장실에 오래 머물게 됐는데, 갑자기 화장실의 조명이 꺼지면서 누군가가 문을 열고 불쑥 들어오는 불상사가 일어났다고 한다.

알고 보니 화장실 조명은 사람이 있는 걸 감지해 켜져 있는 방식이 아니라 일정 시간이 지나면 자동으로 불이 꺼지는 비인간적인(?) 방식이었다.

"다른 나라도 아니고 스웨덴인데, 도대체 왜 이렇게 화

누군가와 비밀을 공유할수록,

그리고 그 비밀이 금지된 것일수록

친밀함의 농도는 짙어진다.

장실이 불편한 거야?"

나의 볼멘소리에 에밀리에게서 돌아온 대답은 의외였다. 겨울이면 노숙자들이 화장실에서 동사하거나 마약을 하다 목숨을 잃는 것을 방지하기 위해서라고 했다. 세계적 복지국가의 또 다른 얼굴을 본 것 같아 씁쓸했다.

어느 비 오는 날 오후, 도서관 화장실 앞에 줄을 서있을 때였다. 내 앞에 고등학생쯤으로 보이는 여학생 셋이 서있었는데, 여학생들은 자동으로 문이 닫히기 전에 다음 친구가 들어가도록 문을 잡고 서있었다. 그러니까, 한 명분의 요금을 내고 세 명이 이용하겠다는 알뜰한 속셈이었다.

세 번째 여학생까지 무사히 볼일을 보고 나왔을 때, 화장실 문을 잡고 서있던 여학생이 나를 향해 손짓했다. 화장실 앞에는 여학생 셋을 빼곤 나뿐이었다.

엉거주춤 서있는 나를 향해 여학생들이 빨리 들어가라고 재촉하는 바람에 나는 얼떨결에 떠밀려 화장실 안으로 들어갔다. 공짜 화장실을 쓰면 불이 켜지지 않는다는 사실을 뒤늦게 알아차렸을 땐 이미 문이 닫히고 사방은 깜깜했다.

내가 화장실에서 나올 때까지 여학생들은 화장실 앞에서 수다를 떨고 있었다. 화장실에서 나온 나와 눈이 마주치자 그들이 먼저 씩 웃었다. 나도 따라 씩 웃었다.

　그날 나는 화장실에서 낯선 스웨덴 여학생들과 일탈을
공유했다.

"당연하지,
그건 우리만의 비밀이잖아."

_《꼬마 백만장자 삐삐》 중에서

삐삐의 '부캐'

취미로 시작한 그림 때문에 화가로 명성을 얻는 코미디언, 본업인 연기보다 가수로 더 인기를 얻는 배우처럼 부캐릭터가 본 캐릭터를 앞지르는 경우를 종종 본다. 어른들에게 반항적이고 제멋대로인 천방지축 캐릭터가 삐삐의 '본캐'라면, 아이들과 함께 있는 삐삐는 전혀 다른 '부캐'로 돌변한다.

구두쇠 자선사업가 로센블롬 할머니가 주는 선물을 받으려면 아이들은 까다로운 면접을 몇 차례나 통과해야 한다. 어른에게 항상 예의 바르게 행동해야 하고, 1킬로미터가 몇 센티미터인지 같은 수학 문제도 맞춰야 하고, 역사 문제의 정답도 알아내야 한다. 보리가 잔뜩 든 지독하

게 맛없는 수프를 먹지 않으려면 적당히 살도 쪄야 한다.

그런데 세상엔 선물을 받는 운 좋은 아이들보다 나처럼 수학을 포기한 '수포자'에, 맞춤법도 틀리고 역사 연표만 봐도 하품이 나오는 운 나쁜 아이가 훨씬 많다. 선물받는 건 꿈도 꾸지 못할 가여운 아이들 앞에 삐삐가 등장한다.

삐삐는 면접장에 처음 등장할 때부터 로젠블룸 할머니의 면접을 통과하지 못한 아이들 모두에게 선물을 주기로 마음먹었던 것이 분명하다. 하지만 구걸하는 노숙자에게 동전 던져주듯 금화를 나눠주지는 않는다.

로젠블룸 할머니가 문제를 낸 것과 같은 방식으로 아이들이 풀 수 있는 문제만 신중하게 골라서 내고 정답을 맞히면 로젠블룸 할머니 귀에까지 들리도록 큰 소리로 이렇게 외친다.

"너희처럼 똑똑한 아이들은 없을 거야. 너희는 상을 받아야 돼."

그날 아이들은 집으로 돌아가면서 나는 상을 받을 만해서 받았다고, 난 참 괜찮은 사람이라고 느끼지 않았을까. 가난한 아이들에게 물질적인 도움을 줄 수는 있지만, 아이들의 자존감까지 챙기면서 돕는 것은 쉬운 일이 아니다. 상처받은 아이 한 명 한 명을 진심으로 대하는 삐삐의 부캐는 한겨울 주머니 속 핫팩처럼 따뜻했다.

삐삐의 부캐는 여기서 그치지 않는다. 어른이든 아이든 자리는 사람을 변하게 한다. 반에서 반장만 돼도 으쓱해지는 법인데, 하물며 공주가 된 삐삐는 스스로 공주 자리를 박차고 나온다.

쿠르쿠르두트 섬 원주민의 왕이 된 아빠 덕분에 삐삐는 자동으로 대를 잇는 공주가 된다. 새로운 공주를 맞이해 환영 행사를 준비한 원주민 아이들 앞에서 며칠만이라도 거들먹거리며 공주로서 특권을 누릴 만도 한데, 삐삐는 당장 그 자리에서 공주로서의 권한을 포기하겠다고 선언한다.

신분을 버리고 사랑을 택하는 공주와 왕자는 현실에도 있지만 삐삐는 사랑을 찾아 떠난 것도 아니고 원하는 조건 때문도 아니고, 단지 원주민 아이들과 똑같아지겠다는 이유만으로 공주이길 포기한다. 이런 '쿨한' 캐릭터가 또 있을까?

아이들 앞에서 변신하는 삐삐의 부캐는 말괄량이 철부지 본캐보다 부드럽고 사랑스러우면서 동시에 훨씬 더 강력했다.

삐삐의 '부캐'

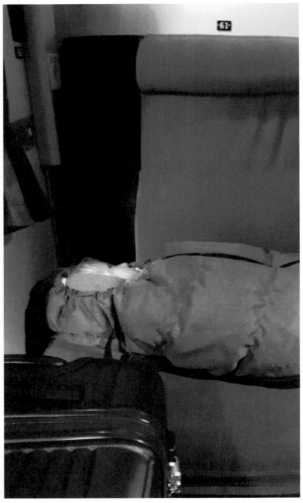

키루나에서 돌아오는 기차 안에서

"이제

공주 노릇 그만할래."

_《삐삐는 어른이 되기 싫어》 중에서

테오 이야기

삐삐가 토미와 아니카처럼 학교에 다녔다면 어땠을까?

학교에 머무는 시간조차 삐삐와 떨어지기 싫었던 토미와 아니카는 삐삐에게 학교에 함께 다니자고 설득한다. 당연히 자유로운 영혼인 삐삐에게 학교의 규칙들이 맞을 리 없고, 구구단 외우기나 받아쓰기가 뒤죽박죽 별장에서 혼자 노는 것보다 재미있을 리가 없다.

수업을 들으며 지루함을 견뎌야 하는 삐삐도 안쓰러웠지만, 제 발로 교실에 찾아온 아이를 돌려보낼 수도 없고 수업 분위기를 해칠 것이 뻔해보이는 문제아를 받아들여야 하는 선생님 또한 딜레마에 빠졌을 것 같다.

선생님의 이런 내적 갈등을 눈치챘던 걸까? 삐삐는 학

교는 자신의 적성과 맞지 않는 곳이라며 선생님에게 작별 선물까지 남기고 유유히 학교를 떠난다. 어린이는 학교에 가는 게 당연하다고 믿었던 그 당시 나는 삐삐를 다시 학교로 돌려보내지 않는 어른들이 비겁하다고 생각했다.

테오를 만난 건 내 그림책을 소개하러 방문한 스톡홀름 시내의 한 초등학교 도서관에서였다. 지어진 지 100년이 넘었다는 학교는 초등학교 중학교 고등학교가 같이 붙어있어 온종일 북적거렸다.

수업 시작 전 아이들은 도서관 여기저기에 걸터앉아 자유롭게 책을 읽고 있었는데, 초등학생들 틈에서 도서관 안내 데스크에 앉아있는 키 큰 남자 아이 한 명이 눈에 띄었다.

중학생 테오였다. 수업종이 울리고 도서관에 있던 아이들이 하나둘 교실로 돌아갔지만 테오는 그대로 자리를 지켰다.

알고 보니 테오는 도서관에서 사서 선생님을 돕는 도우미였다. 학교 수업에 전혀 관심이 없고 교실에서 말썽만 일으키던 문제아 테오가 자퇴서를 제출하자 교장 선생님은 테오에게 수업을 듣는 대신 도서관 도우미 일을 제안했다고 한다.

내가 도서관을 방문한 날은 테오의 도우미로서의 첫

테오 이야기

째 날이었다. 사서 선생님이 책 대출과 반납하는 법, 책을 정리하는 방법 등을 일러주자 테오는 메모까지 하며 진지한 표정으로 들었다.

쉬는 시간이 되자마자 아이들이 우르르 도서관으로 몰려왔다. 테오는 도서 대출 기계 앞에 모여 우왕좌왕하는 신입생들 앞에 먼저 나서서 기계 사용법을 알려줬다. 아이들을 도와주는 테오에게서 문제아의 그림자는 전혀 찾아볼 수 없었다.

테오를 보면서 딸아이가 초등학교 1학년 때 같은 반에 있던 민이 생각이 났다. 민이는 발달 장애아였다. 민이는 수업 시간에 돌아다닐 때도 있었지만 수업을 방해할 정도가 아니어서 다른 친구들과 같이 한 교실에서 수업을 들었다.

하루는 교내 행사가 있던 날이었다. 행사가 이미 시작됐지만 민이는 강당 안을 배회하고 있었다. 내가 민이 이름을 부르는데, 딸아이가 내게 말했다.

"엄마, 그렇게 크게 이름을 부르면 민이가 놀라잖아."

딸아이는 친구 한 명과 함께 민이에게 살며시 다가가 민이의 손을 잡고 데려와 옆자리에 앉혔다. 아이들이 어른인 나보다 민이를 더 능숙하게 진정시켰다.

민이와 아이들의 관계가 그렇게 자연스러워지기까지는

쉬는 시간마다 선생님 자리로 와서 선생님의 단정한 머리카락을 헝클어뜨리는 민이의 행동을 흔쾌히 받아주고, 끝까지 민이를 기다려준 담임선생님이 있기에 가능했다.

딸아이가 2학년이 되고 한 달쯤 지났을 무렵, 학교 후문 앞을 지날 때였다. 막 3교시 수업 종이 쳤는데, 민이가 바람개비를 손에 들고 학교 급식실 근처를 배회하고 있었다. 나는 후문 밖으로 나오려는 민이를 교사동까지 데려다줬다. 그날 저녁, 딸아이에게 슬며시 민이 소식을 물었다.

"요즘 만날 학교 안을 돌아다녀. 민이 담임 선생님이 반 아이들한테 수업 시간에 민이가 돌아다녀도 신경 쓰지 말고 없는 아이로 생각하라고 했대."

'없는 아이'라는 말이 돌덩이처럼 무겁게 가슴에 내려앉았다.

초등학교 졸업식 날 민이와 민이 엄마를 만났다. 어느새 엄마 키보다 훌쩍 자란 민이는 여전히 뭔가 불안한 듯 엄마 뒤로 쭈뼛거리며 숨었다. 민이는 일반 학교가 아닌 특수 학교로 진학한다고 했다.

삐삐를, 민이를, 너무 쉽게 포기하는 어른들을 보며 잠깐 동안 테오가 부러웠다. 지금쯤 테오가 학교생활에 잘 적응했기를 마음속으로 응원해본다.

"선생님도 모르는 걸
제가 어떻게 알아요?"

《내 이름은 삐삐 롱스타킹》 중에서

츤데레의
실종

어릴 때 내가 본 삐삐는 그냥 앉아있기만 해도 멋있고, 반 아이들 생일 파티에 불려 다니고, 인기 투표를 하면 항상 1등을 하는 반에 꼭 한 명쯤 있는 그런 아이였다. 굳이 노력하지 않아도 상대의 마음을 얻을 수 있고 원하는 누구와도 친구가 될 수 있는 주인공이었다.

하지만 어른이 되고 새롭게 알게 된 삐삐는 다른 누군가를 위해 항상 미리 준비하는 캐릭터였다. 요일마다 다른 음식을 제공하는 나무를 만들어주려고 아이들이 뒤죽박죽 별장에 도착하기 전에 초콜릿과 탄산수를 나무 밑동에 넣어두고, 무인도에서 캠핑을 할 땐 누구보다 먼저 일어나 차와 토스트를 준비했다.

'발견가 놀이'를 할 때도 토미와 아니카가 아무것도 발견하지 못해 실망할까 봐 노트와 목걸이를 슬쩍 숨겨두는 센스도 잊지 않는다. 또 괴물이 없는 '괴물의 숲'으로 소풍을 갔을 때는 괴물로 변신해 아이들에게 깜짝 이벤트를 준비하기도 한다.

삐삐는 겉으로 보기에는 무계획적이고 덤벙거리고 무심한 것 같지만, 알고 보면 아주 사소한 것 하나하나까지 세심하게 상대방을 챙기면서도 겉으로 생색내지 않는 '츤데레'다.

츤데레는 새침하고 퉁명스러운 모습을 나타내는 일본어 '츤츤つんつん'과 부끄러움을 나타내는 '데레데레でれでれ'가 합쳐진 합성어로, 겉으로는 드러내지 않으면서 누군가를 세심하게 챙겨주는 사람을 일컫는 말이 됐다. 츤데레라는 말이 생겨나기 전부터 그런 캐릭터는 우리 곁에 항상 있어왔고 내 주변에도 있었다.

산행 때 동기의 짐을 묵묵히 정상까지 짊어지고 가다가 탈진한 동기 츤데레도 있었고, 회식 자리에서 술 취한 후배들을 끝까지 챙겨서 집에 보내고 난 뒤에야 귀가하는 선배 츤데레도 있었다.

아이를 키우는 동안에도 종종 츤데레와 마주쳤다. 아이들 물놀이를 갈 때 말없이 다른 아이의 여벌 옷까지 한

츤데레의 실종

'츤데레'라는 말이 생겨나기 이전부터 그런 캐릭터는

우리 곁에 항상 있어왔고 내 주변에도 있었다.

우리나라 최초 스웨덴 유학생 자료를 찾으면서 알게 된
시그투나 기록보관소 직원 이자벨.

벌 더 챙겨오는 츤데레 엄마도 있었고, 평소엔 깐깐하고 엄하지만 아이가 학교에서 속상한 일을 겪으면 다정하게 위로의 말을 건네는 츤데레 선생님도 만났다.

스웨덴에서도 츤데레를 만나는 행운이 몇 번 찾아왔다. 그중 한 명은 자료 찾는 일로 메일을 주고받으며 알게 된 시그투나 기록보관소 직원 이자벨이다.

일제강점기 때 스웨덴으로 유학 온 한 한국 여성의 자료를 확인하려고 스웨덴 시골의 기록보관소에 의뢰를 했는데, 귀국 며칠을 앞두고 자료를 찾았다는 연락이 왔다.

한국처럼 문서가 디지털화돼있지 않아서 스톡홀름에서 기차로 네 시간이나 떨어진 기록보관소에 직접 찾아가야 했다. 먼 거리도 맘에 걸렸지만 스웨덴어를 모르는 것이 더 큰 문제였다. 자료를 포기할까 고민하고 있던 차에 사정을 알게 된 이자벨이 마침 시간이 있다며 나와 동행하겠다고 했다.

새벽에 기차에서 만난 그녀는 퉁퉁 부은 손으로 손수 싼 샌드위치를 내밀었다. 몇 년 전 유방암 수술을 한 그녀는 컨디션이 좋지 않을 때면 몸이 붓는다고 했다. 게다가 나와 동행하려고 일부러 직장에 휴가까지 냈다는 사실은 나중에야 알았다.

스쳐 알게 된 외국인을 위해 기꺼이 하루의 휴가를 포

기한 츤데레는 지금도 간간히 연락을 주고받는 나의 스웨덴 언니가 됐다.

혼자 삶을 책임지기도 버거운 요즘, 츤데레를 만난다는 건 쉽지 않다. 그래서일까, 가난한 남매에게 공짜 치킨을 줬다는 치킨집 사장님이나 햄버거를 사서 노숙자와 함께 나눠 먹었다는 숨은 츤데레 기사만 봐도 마음 한 구석이 말랑거린다.

주변에 츤데레가 없다고 실망할 필요는 없다. 무인도에서 구조되길 기다리지 않고 스스로 구조를 택한 삐삐처럼, 스스로 츤데레가 되는 방법도 있으니까.

"사람이 항상
즐겁게만 살 수는 없잖아요."

《내 이름은 삐삐 롱스타킹》중에서

어린이 전용
슈퍼히어로

삐삐가 하는 일이라면 무조건 맞장구치는 나지만 서커스 구경을 간 삐삐가 사사건건 서커스단 단장을 괴롭히고, 덩치 크고 힘센 것 빼곤 죄가 없는 천하장사 아돌프에게 망신을 주고 때려눕히는 장면을 보는 동안엔 마음껏 웃을 수가 없었다.

집에 몰래 들어온 도둑을 혼내주고, 힘없는 친구를 괴롭히는 못된 아이를 제압하고, 권위적인 어른에게 대들고, 삐삐가 힘을 쓸 때 항상 그만한 이유가 있었다.

팬심으로 삐삐의 행동에 대한 정당성을 찾아보려 애썼지만 공들여 준비한 서커스 공연을 망치는 삐삐의 모습은 아무리 고쳐 생각해도 괴력을 뽐내고 싶어하는 '관종'

으로밖에 보이지 않았다. 지금까지 지켜온 정의로운 삐
삐 이미지를 훼손하면서까지 작가가 왜 그런 무리한 설
정을 한 것인지 궁금했다.

'삐삐' 이야기는 2차 세계대전이 한창일 무렵 세상에
처음 나왔다. 유럽 전체가 전쟁의 광기 속에 휩싸였던 그
무렵, 러시아가 스칸디나비아 나라들을 차례로 점령하고
나치 정권이 세력을 점점 확장하자 두 강대국 사이에 낀
스웨덴에도 전운이 감돌았다.

초인적인 힘을 가진 슈퍼히어로가 조국을 전쟁의 위험
에서 구해주길 바라는 염원 때문이었을까, 그 당시 스웨
덴에서는 미국에서 건너온 슈퍼맨 캐릭터의 인기가 높았
다고 한다.

프리드리히 니체의 《짜라투스트라는 이렇게 말했다》
에는 세상에 존재하는 모든 것에 긍정적인 모습으로 자
기 극복을 실천하는 일종의 초인, '위버멘쉬'가 등장한다.
아스트리드 린드그렌은 《삐삐 롱스타킹》의 초고를 투고
하는 편지 속에서 삐삐를 초인적인 힘을 가진 작은 '위버
멘쉬'라고 소개했다.

사람들 모두가 세상에서 가장 힘이 센 천하장사 아돌
프와 대결하는 것은 무모하다며 삐삐를 말렸지만, 삐삐
는 스스로를 '세상에서 가장 힘센 소녀'라고 자칭하며 단

어린이 전용 슈퍼히어로

번에 아돌프를 제압한다. 서커스에서 삐삐가 맞서 싸운 천하장사 아돌프는 어쩌면 그 당시 히틀러를 포함해 전쟁을 몰고 온 독재자를 빗댄 것인지도 모르겠다. 천하장사의 이름이 아돌프인 것도 우연은 아닐 것이다.

전쟁은 어른에게만 암울한 미래를 가져다주는 것이 아니다. 아이들 역시 같은 불안과 공포를 느끼고 전쟁의 아픔을 고스란히 기억한 채 어른으로 성장한다.

지금 이 순간에도 우크라이나를 비롯해 세계 곳곳에서 크고 작은 전쟁이 벌어지고 있다. 전쟁을 일으킨 어른들은 이기심과 욕심 때문에 아이들을 보호하고 지킬 명분을 진작에 잃어버린 것인지도 모르겠다.

어른 세계에 슈퍼맨이 있듯, 아이들 세계에도 아이들을 위한 아이들만의 슈퍼히어로가 필요하다. 어떤 상황에서도 굴하지 않고 아이들을 굳건하게 지켜주는 삐삐야말로 슈퍼히어로가 아닐까.

어린이 전용 슈퍼히어로

"불공평해!
정말 불공평하다고!
도저히 못 참겠어!"

_《내 이름은 삐삐 롱스타킹》중에서

걱정 인형이 된 삐삐

모두들 안녕,
내 걱정은 마세요.
난 언제나 잘해나갈 테니까.

삐삐는
인플루언서

어른들이 아이들을 위해 만든 규칙 대부분은 해도 되는 것보다 안 되는 것이 많은 법이다. 토미와 아니카도 부모가 정한 규칙을 그대로 따르는 평범한 보통의 아홉 살 아이들이었다. 적어도 삐삐를 만나기 전까지는.

삐삐는 팬케이크를 만드는 방법부터 집을 순식간에 어지럽히는 방법, 집에 들어온 도둑을 괴롭혀서 내쫓는 방법, 마당을 탐험하는 방법까지 두 친구를 규칙 너머의 세계로 안내한다. 그런데 토미와 아니카가 삐삐와의 일탈을 즐기는 건 딱 낮 동안만이다.

밤이 되면 토미와 아니카는 따뜻한 불이 켜진 아늑한 집으로 돌아가 아빠 엄마와 저녁을 먹으며 함께 이야기를 나누고 침대에서 그림책을 보다가 잠이 든다.

그 시각 삐삐는 혼자 침대에 누워 달을 보며 하늘나라에 있는 엄마에게 굿나잇 인사를 하고 셀프 자장가를 부르며 씩씩하게, 아니 사실은 긴 밤을 매일 혼자 쓸쓸하게 보냈을 것이다. 하지만 지금 삐삐 이야기를 다시 쓴다면 좀 달라질 것 같다.

아스트리드 린드그렌은 우체국에서 그녀만을 위한 집배원을 고용해야 할 정도로 전 세계 어린이 팬들로부터 매주 수백 통이 넘는 편지를 받았다. 그녀에게 팬레터를 보내는 아이들 중엔 가난한 집에서 태어나 아버지의 폭력에 시달리며 힘겨운 사춘기를 보내고 있는 열두 살 사라도 있었다.

사라는 고민이 있을 때마다 그녀에게 편지를 썼고, 아스트리드는 편지를 통해 사라에게 맞춤형 조언을 해줬다. 그렇게 두 사람은 30년 넘는 세월 동안 서로 편지로 마음을 나눴다.

안타깝게도 아스트리드가 세상을 떠날 때까지 두 사람이 실제로 만날 기회는 없었지만, 사라는 인생에서 가장 힘들었던 시기에 아스트리드의 편지를 통해 용기와 희망을 얻었다고 한다.

맞춤법은 잘 몰랐지만 삐삐도 편지 쓰는 걸 좋아했다.

삐삐는 인플루언서

사라는 인생에서 가장 힘들었던 시기에

아스트리드와의 편지를 통해 용기와 희망을 얻었다고 한다.

● 〈삐삐 롱스타킹〉 시리즈 작가, 아스트리드 린드그렌.
● 사라와 아스트리드의 이야기가 담긴 책.
● 사라와 아스트리드가 나눈 편지.

토미와 아니카를 무인도로 데려가기 전 둘의 부모에게 편지를 써서 남기는가 하면, 무인도에서 표류 놀이를 할 땐 구조해달라는 병 편지를 물에 띄우기도 하고, 밤새 연습해서 쓴 생일 카드를 친구 집 우편함에 몰래 넣어두기도 한다.

편지를 보내줄 사람이 없어 스스로에게 편지를 쓰는 삐삐를 보면서 그 누구보다 외로웠던 사람은 삐삐였을지도 모른다는 생각을 했다.

나는 오래전부터 역도 선수 장미란의 팬이었다. 올림픽에서 도전에 실패하고 역기에 입맞춤하던 그녀의 모습은 지금까지도 내 머릿속에 생생하게 남아있다. 승부를 떠나 오랜 시간 애정을 쏟았던 것에 대해 마지막 예의를 갖추는 장 선수의 모습은 그 자체로 아름다웠다.

그러던 어느 날 역도하는 뚱보 소년 은찬이가 내 마음속으로 찾아왔고, 그 이야기를 장편 동화로 써서 상을 받고 작가가 됐다. 책이 출간되자마자 기쁜 마음으로 손 편지와 함께 나의 첫 책을 장미란 선수에게 보냈지만 안타깝게도 화답은 받지 못했다.

하지만 장 선수는 그 당시 나에게 좋은 영향력을 줬고, 보이지 않는 그 힘이 지금까지 내가 글을 쓰는 많은 이유 중 하나라고 믿고 있다.

짝사랑 상대에게서 메일을 받고, 옛 선생님으로부터 답장을 받고, 오래 떨어져 지낸 친구에게서 메시지를 받는 것처럼, 누군가로부터 응답을 받는 건 항상 설레는 일이다.

설령 세상을 떠난 위인이나 동화 속 주인공처럼 화답받을 수 없는 대상과 소통한다 해도 내 마음을 전할 대상이 존재한다는 사실만으로도 위로가 될 때가 있다.

만약 지금 삐삐가 팬들과 소통한다면 토미와 아니카가 집으로 돌아가고 난 뒤 이야기는 이렇게 바꼈을지도 모르겠다.

'뒤죽박죽 별장에 혼자 남은 삐삐는 소파에 누워 전 세계 어린이들이 보내온 댓글에 일일이 답을 하느라 밤이 깊어가는 것도 몰랐어요.'

내가 보낸 한 줄 메시지를 삐삐가 꼭 읽어줄 것이라는 믿음 하나만으로도 오늘 밤 작은 위로가 될 것 같다.

삐삐는 인플루언서

"난 편지를 보낼

할머니가 없으니까

나한테 보내는 거야."

_《꼬마 백만장자 삐삐》 중에서

삐삐도
위로가 필요해

엄마가 되고 난 뒤 다시 읽은 〈삐삐 롱스타킹〉 시리즈 속 삐삐는 예전에 내가 알고 있던 삐삐가 아니었다. 밤이 되면 혼자 쓸쓸하게 잠자리에 드는 아홉 살 소녀가 떠올랐고, 학교는 안 다녀도 도서관에서 책이라도 읽으면 덜 심심할 텐데라는 생각이 들었다.

또 악당으로만 보이던 도둑은 어쩌다 아이가 사는 집까지 찾아오게 됐을까 그 사정이 궁금해지기도 하고, 삐삐의 끝없는 궤변을 진지하게 들어준 이웃집 로라 할머니의 인내심에 박수를 보내기도 했다.

스웨덴 어린이 박물관 안에는 서점이 하나 있는데, '삐삐 서점'이라고 이름 붙여도 될 만큼 다양한 버전의 〈삐삐 롱스타킹〉시리즈가 꽂혀 있다. 한 할머니가 벤치에 앉아 손자에게 다정하게 삐삐가 나오는 책을 읽어주고 있었다. 어린 시절 자신이 읽고 엄마가 돼서는 딸에게 읽어주었을 그 책을 다시 손자에게 읽어주면 어떤 느낌일지 문득 궁금했다.

같은 책과 영화라도 나이가 들어서 다시 보면 이전과 다르게 느껴진다. 전에는 보이지 않던 숨은 이야기를 발견하기도 하고, 알고 있던 캐릭터가 전혀 다른 캐릭터처럼 낯설게 느껴지기도 하고 탐탁지 않게 여겼던 인물이 호감이 가는 인물로 탈바꿈하기도 한다.

열 살 무렵 책을 읽었을 때는 삐삐가 한 번도 운 적이 없다고 생각했다. 그런데 어른이 돼 다시 읽은 책 속에서는 삐삐가 우는 장면이 있었다.

숲에서 죽은 새를 발견했을 때, 토미와 아니카 엄마에게 버릇없다고 꾸중을 들었을 때, 연극 무대에서 주인공인 오로라 백작 부인이 신세 한탄하는 장면을 봤을 때, 토미가 상어에게 쫓겨 목숨이 위태로웠을 때는 삐삐도 여느 또래 아이처럼 눈물을 흘렸다.

그런데 왜 난 삐삐가 한 번도 운 적이 없다고 생각했을까? 어쩌면 그건 불의와 맞서 싸우며 어떤 시련과 고난에도 무너지지 않을 것 같던 삐삐가 평범한 어린이로 돌

삐삐도 위로가 필요해

아가 약한 모습을 보이는 것을 용납하고 싶지 않은 내 마음 때문이었던 것 같다.

시간이 지나면서 달리 보이는 것이 어디 책과 영화뿐일까. 젊은 날 답답하고 내성적인 성격이라 생각했던 친구가 시간이 흐르면서 배려심 깊은 사람으로 보이고, 그 당시에는 죽고 싶을 만큼 부끄러웠던 순간이 그럴 수도 있지 하고 대수롭지 않게 넘겨지는 일이 되기도 한다.

어른이 돼 다시 만난 삐삐는 마음속 깊이 엄마에 대한 그리움을 간직하고 있지만 겉으로 내색하지 않고 괜찮은 척, 명랑한 척하는 소녀로 보였다. 오늘 밤도 이불을 얼굴 끝까지 끌어올리고 잠든 삐삐를 꼭 안아주고 싶다.

삐삐도 위로가 필요해

"이제 여행은 끝났어."

_《삐삐는 어른이 되기 싫어》 중에서

이유가 없어도
괜찮아

삐삐가 사탕과 장난감을 잔뜩 사서 동네 아이들에게 한 아름 안기는 장면을 보면서 나도 삐삐가 사는 동네 아이 중 한 명이기를 바랐던 적이 있다. 그 순간만큼은 삐삐가 그 어떤 위인보다 위대해 보였다. 그건 단순히 아이들에게 공짜 선물을 나눠줬기 때문만은 아니다.

아이들에게 선물을 나눠주는 선한 캐릭터는 삐삐 말고도 차고 넘친다. 그런데 보통 선물을 받으려면 조건들이 주렁주렁 달린다. 산타클로스의 선물을 받으려면 울지 않고 착한 일도 해야 하고 자선사업가에게 선물을 받은 날엔 우울해도 웃으면서 기념사진도 찍어야 한다.

하지만 삐삐는 아이들에게 어떤 조건도 내세우지 않는

다. 뜻밖의 선물을 받은 아이들은 혹시라도 삐삐가 다른 아이로 착각하고 자신에게 선물을 잘못 준 건 아닐까, 갑자기 마음이 변해 선물을 도로 가져가는 건 아닐까 마음을 졸인다. 그런 아이들에게 삐삐는 묻지도 따지지도 않고 '그냥' 선물을 나눠준다. 마치 '착하지 않아도 선물을 받을 수 있어.'라고 말하는 것처럼.

생일처럼 특별한 날이 아니어도 아주 친한 친구 사이가 아니어도 쪽지나 작은 선물을 주고받는 것이 자연스러운 일상이던 때가 있었다. 약속을 하지 않아도 길을 가다 친구와 마주치면 즉흥적으로 함께 밥을 먹고 차를 마시며 담소를 나누던 때도 있었다.

하지만 우연한 만남은 점점 사라지고 만남에도 이유가 필요해졌다. 오랫동안 연락하지 않던 지인에게 전화가 오면 반가운 마음보다 왜 갑자기 전화를 했는지 이유가 궁금해지고, 친구 얼굴을 한 번 보려면 적어도 몇 주 전에는 미리 약속을 잡아야 한다. 그사이 그리운 감정은 점점 옅어진다.

누가 어떤 질문을 할 때 마땅한 대답이 생각나지 않거나 뭔가를 말하려다 쑥스러울 때 대답하기 참 만만한 단어가 있다. 바로 '그냥'이다.

진짜 의미가 없다는 뜻으로 쓰일 때도 있지만, 주로 직

이유가 없어도 괜찮아

마치 '착하지 않아도 선물을 받을 수 있어.'라고

말하는 것처럼.

설적으로 감정을 표현하기 쑥스러울 때나 진짜 이유를 이야기하면 상대가 미안해할까 봐 에두를 때 쓰는 표현이기도 하다.

조건과 이유가 명확한 세상에 익숙해지면서 내가 조금만 손해 보는 일이 생겨도 억울한 감정이 스며들고, 시시비비를 가리지 않고 주어진 상황을 순순히 받아들이면 어수룩한 사람 취급을 받게 된다.

이런 분위기 속에 그냥이란 단어는 감정을 꾸미지 않고 솔직하게 표현하는 말이라기보다 자신감 없고 무계획적이고 무책임하며 합리적이지 못한 인상을 풍기는 단어로 점점 변질돼갔다.

사람과 사람 사이에 '그냥'은 실종되고 그 자리는 알차고 실속 있고 의미 있는 이유들로 채워진다. 그런데 왜 마음은 예전보다 텅 비어가는지 모르겠다.

삐삐가 조건 없이 그냥 주는 선물처럼, 때론 그냥 있는 그대로의 내 모습을 바라봐주는 누군가가 그립다.

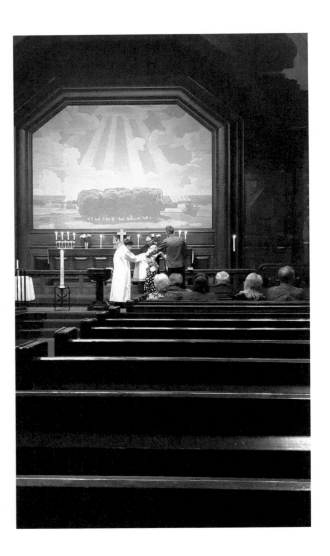

"가끔은
운이 좋을 때도 있다니까."

_《꼬마 백만장자 삐삐》 중에서

불량 삐삐
탄생기

어린이 박물관에 가면 뒤죽박죽 별장과 삐삐 물건들, 동화 속 장면들을 만들어놓은 세트장, 그리고 아스트리드 린드그렌의 육성을 들을 수 있는 이야기 기차가 있다는 소문을 들은 나는 잔뜩 기대감에 부풀어 박물관으로 향했다.

오픈 시간에 맞춰 어린이 박물관에 도착했지만 이야기 기차 앞엔 이미 줄이 길게 늘어서 있었다. 할머니 할아버지 엄마 아빠 손을 잡고 온 아이들 틈에 끼어 혼자 기차를 타려니 쑥스럽기도 했지만 아스트리드의 육성을 듣는 순간 이내 부끄러움은 저만치 사라졌다.

아스트리드의 목소리는 생각했던 것보다 낮고 침착했

다. 기차는 아스트리드의 동화 《사자왕 형제의 모험》의 장면들을 모형으로 만들어놓은 세트장을 차례로 통과한다. 세트 장면이 바뀔 때마다 기차에 설치된 스피커에서 아스트리드가 직접 이야기를 들려준다.

주인공 스코르판이 머물고 있는 집 안에 불길이 번지는 절체절명의 상황 속에서도 아스트리드의 목소리는 흐트러짐 없이 시종일관 차분했다. 비극적인 장면과 아스트리드의 건조한 목소리가 대비를 이루면서 동화 속 침울한 분위기는 더 무겁게 가라앉았다.

삐삐를 탄생시킨 작가라면 어딘가 모르게 반항적인 외모에 목소리도 삐삐처럼 통통 튈 것이라고 생각했는데, 스톡홀름 골목길 어딘가에서 한 번쯤 마주쳤을 법한 보통의 스웨덴 여성처럼, 아스트리드는 외모도 목소리도 평범했다.

아스트리드가 아픈 딸의 기분 전환을 위해 만든 캐릭터치고 삐삐는 지나치게 어른에게 반항적이고 공격적으로 느껴질 때가 있다. 평범한 아이 엄마에게서 어떻게 그토록 불량한 캐릭터가 나오게 된 건지 작품의 탄생 배경이 궁금했다.

아스트리드의 개인사를 살펴보면 삐삐 캐릭터가 탄생할 수밖에 없었던 이유가 조금은 납득이 된다. 아스트리

불량 삐삐 탄생기

어린이 박물관 내 이야기 기차 배경.

뒤죽박죽 별장 내부 모습.

삐삐는 지나치게 어른에게 반항적이고

공격적으로 느껴질 때가 있다.

드가 태어난 스웨덴 남부 작은 시골 마을 빔메르뷔는 모든 면에서 지나치게 보수적이었다. 특히 어른은 아이에게 절대적인 존재로 폭력조차 용인되는 분위기였다. 자유로운 성격의 아스트리드에게 엄격한 마을의 분위기는 맞지 않았고, 10대에 미혼모가 된 아스트리드는 부모에게마저 외면당했다.

어느 누구에게도 도움을 받을 수 없었던 아스트리드는 결국 첫 아이를 낳자마자 위탁 가정에 맡긴 채 아이와 몇 년 동안 떨어져 지내야 했다. 아들이 보고 싶을 때도 주변의 시선 때문에 만날 수 없고, 시간이 흘러 엄마 얼굴조차 알아보지 못하는 아들을 보며 아스트리드가 느꼈을 비통함은 짐작조차 할 수 없다.

그 당시 아스트리드의 눈에 비친 어른들의 모습은 위엄과 허풍만 떨며 정작 가장 중요한 것은 지켜주지 못하는 위선적인 존재로 보였을 것이다. 그런 어른을 향해 삐삐는 소리친다. 힘없는 어린이를 보호해주지도 못하면서 복종만 강요하는 어른들은 필요 없다고. 내가 아이들의 보호자가 되겠다고.

훗날 세계적인 작가가 된 아스트리드는 한 시상식에서 아동 폭력에 관한 한 일화를 소개했다. 숲에서 회초리로 쓸 나무를 꺾어오라는 엄마의 심부름을 받고 숲으로 들어간 한 아이가 적당한 나무가 없자 대신 돌멩이를 주워와 회초리 대신 자신에게 던지라고 했다는 이야기였다.

이 섬뜩한 이야기는 많은 어른에게 충격을 줬고, 스웨덴에서 아동 체벌이 법으로 금지되는 데 결정적인 역할을 했다.

만약 아스트리드가 가난한 집에서 태어나지 않고 형제도 없고 미혼모도 아니고 자녀도 없었다면, 그래서 그 당시 아이들이 얼마나 폭력적인 환경에 노출됐는지 몰랐어도 이토록 강렬한 캐릭터가 탄생했을까?

한 개인이 지금의 성격과 가치관을 지니고 자신만의 정체성을 가지기까지는 그만한 역사가 존재한다. 크고 작은 모든 경험 하나하나가 모여 유일한 '한 사람'이 된다. 세상에 그냥 만들어지는 사람은 없다.

삐삐가 불량스러운 데는 다 그만한 이유가 있다.

"난 가끔씩 거짓말이
몸속에서 너무 부풀어 올라서
입 밖에 내지 않고는
못 배길 때가 있어."

《꼬마 백만장자 삐삐》 중에서

길치에게만
보이는 길

〈은하철도 999〉〈엄마 찾아 삼만리〉〈플란더스의 개〉 등 어린 시절 내가 본 거의 모든 애니메이션은 일본에서 만들어졌다. 그래서 철이도 마르코도 네로도 모두 일본인일 거라고 생각했다. 《닐스의 모험》의 주인공 닐스 또한 일본 사람일 거라고 막연하게 짐작했다. 내가 열렬하게 좋아했던 삐삐와 닐스 둘 다 이름도 낯선 스웨덴 출신인 것을 알게 된 건 한참 뒤였다.

삐삐가 어린이 대통령이라면 닐스는 어린이 탐험가쯤이라고나 할까. 거위 등을 타고 하늘을 나는 닐스의 눈을 통해 대자연을 바라보며 어린 나는 처음으로 지구가 참 넓고 아름다운 곳이라고 생각했다.

이토록 꿈과 희망을 주는 이야기가 순수 창작물이 아니라 스웨덴 정부가 기획한 어린이용 지리 학습서란 것을 알고 김이 새긴 했지만. 닐스가 보여준 지구의 자연은 그 자체로 충분히 경이로웠다.

《닐스의 모험》을 쓴 작가 셀마 라게를뢰프는 여성 최초이자 동화 장르 최초로 노벨 문학상을 수상하며 수많은 작가에게 영향을 준 스웨덴의 국민 작가다. 아스트리드 린드그렌 또한 셀마 라게를뢰프의 영향을 많이 받았다.

삐삐는 틈날 때마다 아이들에게 자카르타, 포르투갈, 오스트레일리아, 남아프리카공화국, 미국 등 세계 각국을 여행하며 겪은 갖가지 무용담을 들려준다.《닐스의 모험》을 읽은 아스트리드는 삐삐를 통해 어린이가 더 넓은 세상을 경험하기를 꿈꿨던 것 같다.

역마살을 타고난 건지 어릴 때 이사를 많이 한 탓인지, 나는 때가 되면 어디론가 훌쩍 떠나고 싶어 마음이 달싹거린다. 흔히들 여행을 좋아하면 길눈도 밝을 것이라고 생각하지만 어디에나 예외는 있다.

나는 일명 길치다. 길치의 정도를 상중하로 매긴다면 안타깝게도 상 중에서도 최상의 단계다. 지하철에서 출구를 찾으려면 '두더지 게임' 속 두더지처럼 출구마다 얼굴을 내미는 건 예삿일이고 몇 번씩 와본 장소도 나에겐

길치에게만 보이는 길

늘 새롭다. 반대 방향의 버스를 타고 가는 일은 보통이고 지도상에서 가까워 보인다는 이유로 무모하게 몇 시간씩 걷는 일도 다반사다.

이런 나에게 '구글 맵'은 지금까지 경험하지 못한 신세계를 보여줬다. 걷기 모드를 사용하면 한 걸음 걸을 때마다 지도상에서의 내 위치를 알려줘서 마치 개인 가이드가 나와 동행하는 것 같았다.

집 근처만 벗어나도 길을 헤매던 내가 머나먼 스웨덴까지 와서 박물관도 미술관도 척척 찾아가고, 숙소에서 한참 떨어진 수영장도 가보고, 현지인에게 맛집도 소개하는 꿈같은 일이 벌어졌다.

이대로라면 스웨덴뿐 아니라 북극, 남극, 아프리카, 세계 어디라도 혼자 찾아갈 수 있을 것 같았다. 자신감에 불이 붙으면서 내 이동 반경은 조금씩 더 넓어졌다. 물론 그 자유로운 세상은 휴대폰을 들고 다닐 때만 가능하다는 현실을 깨닫기까지는 오랜 시간이 걸리지 않았다.

나는 귀국을 일주일 남기고 다시 한 번 구글 맵의 신통력을 시험해보기로 했다. 스톡홀름에서 야간열차를 타고 열다섯 시간 걸리는 스웨덴의 북쪽 도시, 키루나로 떠났다.

11월인데 키루나엔 눈이 벌써 허벅지까지 쌓여있었다.

하얀 눈 사이로《헨젤과 그레텔》에나 나올법한 노랗고 빨간 지붕의 나무집들이 옹기종기 모여있었다.

하얀 눈이 반사돼 밤에도 마을 전체가 환하게 빛났다. 집집마다 새어 나오는 따뜻한 불빛은 지독한 추위도 잠시 잊게 했다. 하얗다 못해 푸르스름한 눈과 눈으로 이불을 덮은 듯한 풍경에 홀려 마을을 몇 바퀴 도는 사이, 기온은 뚝 떨어지고 밖은 깜깜해져 있었다.

서둘러 숙소로 돌아갈 마음에 휴대폰을 꺼냈는데 날씨가 추운 탓인지 배터리가 나간 채 휴대폰이 꺼져있었다. 시골 마을이라 편의점이나 상점들은 한참을 걸어야 했고, 비슷비슷한 집들만 쭉 늘어서 있어 길치인 나로서는 도저히 어디가 어딘지 알 수 없었다.

아무리 걸어도 숙소로 가는 길은 보이지 않았다. 눈 쌓인 골목길엔 발자국 하나 남아있지 않고 손발은 꽁꽁 얼어 이미 감각이 없었다. 급기야 하늘에서 굵은 눈발까지 흩날리기 시작할 때쯤엔 여기서 꼼짝없이 얼어 죽겠다는 생각까지 들었다.

겁에 질려 길을 찾아 헤매던 그때, 멀리서 눈을 뚫고 종종 걸음으로 지나가는 사람이 보였다. 급한 마음에 한국어로 "저기요!"를 외치며 푹푹 빠지는 눈길을 한달음에 뛰어갔다.

알고 보니 그녀 또한 여행자였는데 내가 안쓰러워 보였던지 가슴에 품고 있던 꼬깃꼬깃한 관광 지도를 나에게 건네줬다. 입김으로 언 손을 녹이며 지도를 펼쳐보니 여태껏 요란하게 길을 찾아 헤맨 것이 머쓱하도록 바로 길 건너편에 숙소가 있었다.

다음 날 아침, 길을 잃었던 동네에 다시 찾아갔다. 전날에는 보이지 않던 나무로 지어진 오래된 교회가 비로소 눈에 들어왔다. 몸을 녹일 겸 들어간 교회 안에서는 한 아기의 세례식이 한창이었다.

파란 눈의 아기가 긴장한 젊은 부모의 팔에 안긴 채 생글생글 웃고 있었다. 저 아기는 자신이 태어난 마을이 1년 중 절반은 눈에 덮여있는 눈 천지란 사실을 알고 있을까? 문득 하얗다 못해 푸르스름한 눈과 키루나 사람들의 파란 눈동자가 닮았다는 생각이 들었다.

길을 잃지 않으면 절대로 볼 수 없고 만날 수 없는 새로운 세상이 있다. 길은 언제든지 잃을 수 있고 잃으면 다시 찾으면 된다.

일부러 난파되는 삐삐처럼 나는 또 기꺼이 길을 잃을 것이다.

길치에게만 보이는 길

"우리 난파되러 가자!
지금 당장!"

_《꼬마 백만장자 삐삐》 중에서

걱정을 위한
변명

삐삐는 걱정을 미리 앞당겨 하지 않는다. 삐삐라고 왜 고
민이 없었을까? 내일 아침 사회복지사가 불쑥 찾아와 자
신의 의지와 상관없이 보육원에 데려가는 건 아닌지, 구
구단만 봐도 머리가 어지러운데 억지로 학교에 다니라고
하는 건 아닌지, 예의도 모르는 문제아라며 토미와 아니
카 엄마가 더 이상 함께 놀지 말라고 하는 것은 아닌지,
희귀 야생동물을 키우는 건 불법이라며 동물보호협회에
서 닐슨 씨를 데려가는 건 아닌지, 삐삐도 분명히 마음이
쓰였을 것이다.

　그뿐만이 아니다. 식인종 섬나라의 왕이 됐다는 철부
지 아빠는 어떻게 살고 있는지, 금화가 다 떨어지고 나면

생활비는 어떻게 구해야 할지, 곰곰이 생각해보면 삐삐
의 걱정 또한 결코 가볍지 않다.

토미와 아니카가 따라다니면서 걱정거리를 늘어놓으면
삐삐는 이럴 땐 이러면 되고 저럴 땐 저러면 된다며 아이
들을 안심시킨다. 걱정을 하거나 하지 않거나 결과가 크
게 달라지지 않는다는 이치를 삐삐는 좀 일찍 깨달았던
것 같다.

스웨덴에 머무르는 동안 적응하기 힘들었던 것 중 하
나가 어디를 가도 방충망이 없다는 것이었다. 처음 한 달
간 머물렀던 호텔은 노을 질 때 보이는 풍경이 예술이었
다. 불을 앞에 두고 '불멍'을 때리듯 노을을 보며 '노을멍'
을 때리고 있으면 마음에 없던 고요도 찾아왔다.

나는 매번 노을의 붉은빛이 절정에 다다르면 반사적으
로 창문을 열고 휴대폰 카메라를 들이댔다. 그런데 그 순
간 뭔가 낯설었다. 선명한 사진을
찍으려면 창문을 열고 방충망
한 꺼풀을 더 젖혀야 하는데,
창문에 방충망이 없었다.

호텔뿐 아니라 아파트와 기
숙사도 마찬가지였다. 하루살
이에 파리, 모기, 벌까지 밀려

걱정을 위한 변명

드는 벌레들의 공격을 어떻게 감당하려고 방충망을 설치하지 않았을까?

"벌레를 그렇게 싫어해요? 아직 벌레는 안 들어왔는데."

스웨덴 새댁 에밀리에게 이유를 물으니 서툰 한국어로 뜻밖의 대답이 돌아왔다. 과연 걱정은 저만치 접어두는 낙관적인 삐삐의 후손답다고 생각했다. 그제야 아직 들어오지도 않은 벌레 걱정에 어쩌면 다시 못 볼 북유럽의 아름다운 석양을 다 놓쳤다는 사실을 알아차렸다.

나는 어릴 때부터 걱정과 의심이 많은 아이였다. 커서도 걱정과 의심은 줄지 않았다. 한 드라마에서 문어발식 콘센트에서 불이 난 것을 본 뒤 콘센트에 빈자리 없이 코드가 빽빽하게 꽂혀있는 것만 봐도 불안하다. 운전하다 길 위의 비둘기만 보면 경적을 울리고 속도를 늦추지만, 혹시 모르는 사이 비둘기를 친 건 아닌지 뒤를 돌아본다.

고속도로를 달리는 중에는 자동차 바퀴가 속도를 이기지 못하고 갑자기 빠져버리는 건 아닌가 걱정하고, 외출했다 돌아오는 길에 소방차를 보면 혹시 우리 집에 불이 난 건 아닐까 싶어 걸음이 빨라진다. 또 원고를 넘기고 나면 책이 인쇄되어 나올 때까지 오탈자가 나오지 않을까, 걱정이 머릿속을 떠나지 않는다.

걱정하는 나쁜 일들이 실제로 일어날 확률은 불과 1퍼

센트도 되지 않는다는 사실을 머리로는 받아들이면서도 불안감을 떨치는 것은 쉽지 않다. 지금 당장 큰 걱정거리 하나만 없으면 마음에 평화가 찾아올 것 같지만, 그 걱정이 사라지고 나면 그 자리를 어김없이 또 다른 걱정이 고스란히 메운다.

걱정이 없는 사람은 없겠지만 걱정을 하는 사람은 늘 걱정을 달고 산다. 반대로 걱정을 저만치 버려둔 사람은 그만큼 가볍게 산다. 예전엔 미래에 대한 계획 없이 오늘을 즐기는 사람을 보면 대책 없다고 생각했다.

하지만 시간이 지나면서 그 생각은 달라졌다. 오늘을 즐기는 사람은 지금 이 순간을 온전히 살아내기 위해 미래에 대한 불안을 온 힘을 다해 떨쳐버린 사람이라고.

오늘 하루 어떻게 하면 더 재미있고 알차게 놀까를 고민하는 삐삐처럼 오늘을, 지금 이 순간을 치열하게 살다 보면 어느새 미래가 바람처럼 도착해 있으리라는 것을 이제 나는 믿는다.

적어도 이론적으로는 말이다.

걱정을 위한 변명

"기적이야!
모두 살아남다니!
적어도 지금 당장은
걱정 없어."

《꼬마 백만장자 삐삐》중에서

지금 아는 걸
그때 알았더라면

스톡홀름 자연사 박물관에 간 이유는 단순했다. 90년 전에 멸종한 '태즈메이니아호랑이'를 보기 위해서였다. 환경을 주제로 아이들과 책 이야기를 할 때 스텔러바다소와 함께 단골로 소개하는 생물이 태즈메이니아호랑이였기에 꼭 한 번 내 눈으로 보고 싶었다.

태즈메이니아호랑이는 호주 태즈메이니아섬에 살던 생물인데, 개 혹은 늑대를 닮았지만 등에 줄무늬가 있고 캥거루처럼 육아낭도 지니고 있다. 주머니가 달린 호랑이에 호기심이 생겨 옛날 자료까지 찾아봤지만, 주머니의 흔적은 찾을 수 없었다.

한 신문에서 스톡홀름 자연사 박물관에 박제된 태즈

메이니아호랑이가 있다는 기사를 본 후로 스웨덴에 가면 꼭 확인해봐야겠다고 생각하던 차에 드디어 내게 기회가 왔다.

자연사 박물관의 멸종관에는 스웨덴과 여러 나라에서 온 멸종 생물들이 박제돼 있었다. 그중엔 인간에게 발견된 뒤 고작 27년 만에 멸종된 스텔러바다소도 전시돼있었다. 길이가 8미터가 넘는 스텔러바다소의 뼈 모형 아래에서 보니 고래 배 속에 갇혔던 피노키오가 된 기분이었다.

이토록 거대한 몸집을 가진 생명체가 어떻게 그렇게 짧은 시간에 인간에게 사냥당해 지구에서 영원히 사라져버린 건지 마음이 무거웠다.

여행비둘기를 비롯해 한때 지구에 살았지만 지금은 사라진 생물들의 발자취를 따라가다 보니 드디어 태즈메이니아호랑이가 있는 마지막 전시관에 도착했다. 다 자란 리트리버보다 몸집도 작고, 번뜩이던 눈 대신 가짜 인형 눈이 끼워진 모형에서는 야생에서의 위엄을 찾아볼 수 없었다.

주머니를 확인하려고 쪼그리고 앉아 휴대폰 손전등을 켜서 비춰봤지만 박제 과정에서 제거됐는지 주머니가 있었을 자리엔 실로 꿰맨 자국만 남아있었다. 박제된 태즈메이니아 호랑이는 그저 평범한 늑대일 뿐이었다.

스톡홀름 자연사 박물관에 전시된 태즈메이니아호랑이

뜨거운 태양이 내리쬐는

오스트레일리아 대륙에 살던 생물이

왜 이렇게 추운 북쪽 나라까지 와서 박제가 됐을까?

자연 속에서 생기 있고 아름다웠을 생물들을 유리 너머로 봐야 한다는 사실도, 박제로 겨우 볼 수 있는 지구에 단 하나 남은 생물을 온전하게 재현하지 못한 것도 씁쓸했다.

그런데 뜨거운 태양이 내리쬐는 오스트레일리아 대륙에 살던 생물이 왜 이렇게 추운 북쪽 나라까지 와서 박제가 됐을까?

바람을 쐬러 전시관 밖으로 나오니 야외 중정 한가운데 작은 정원이 있었다. 정원 앞에는 '곤충 호텔'이라는 작은 푯말이 있었는데, 이런 깜찍한 안내 문구가 있었다.

'곤충이 살 터전이 점점 줄어들면서 곤충들이 도시를 떠나고 있어요. 이곳에서라도 곤충들이 편하게 머물 수 있게 공간을 마련했으니 큰 소리를 내지 말고, 몸에 곤충이 붙더라도 제발 죽이지 마세요.'

들꽃과 허브가 자라고 있는 정원 사이로 크고 작은 곤충들이 자유롭게 살아 움직이고 있었다. 한마디로 곤충의 천국이었다. 내가 곤충의 말을 할 수 있다면 곤충들에게 스위트룸 서비스에 덤으로 인간 구경까지 할 수 있는 무료 호텔 패키지가 제공되니 절대 이 기회를 놓치지 말라고 알려주고 싶을 정도였다.

베란다에 심은 토마토 꽃씨 하나가 싹을 틔우고 자라

고 열매를 맺고 시들어가는 모습만 지켜봐도 애착이 생긴다. 곤충이 알에서 성충이 되고 다시 자연으로 돌아가는 과정을 지켜본 사람이라면, 여름밤 잠을 설치게 하는 매미를 향해 저주를 퍼붓지 못하고 장난삼아 잠자리의 날개를 떼내는 짓은 절대 하지 못한다.

"할 수만 있다면 다시 살려내고 싶어."

아이들과 함께 숲으로 소풍을 갔다가 둥지에서 떨어져 죽은 아기 새를 발견한 삐삐가 슬픔에 잠긴 채 혼잣말을 한다.

박물관을 나서며 태즈메이니아호랑이는 보지 말고 상상 속에 남겨두는 편이 나았겠다는 후회가 남았다.

"할 수만 있다면,
다시 살려 내고 싶어."

_《꼬마 백만장자 삐삐》 중에서

전쟁이 일상

코로나바이러스가 세계를 휩쓸고 있던 그때, 수잔은 이라크 한복판에서 딴 세상 사람처럼 한가하게 '현빈 폐인'이 돼있었다.

"정, 내 사랑이 공유에서 현빈으로 바꼈어. 너 현빈 나오는 드라마 봤어? 정말 빈은 너무 잘 생겼어. 나 빈이 나온 드라마를 며칠 동안 다 보느라 한숨도 못 잤어."

수잔을 처음 만난 건 스웨덴 북쪽 끝의 키루나에서 돌아오는 기차 안에서였다. 기차 안에는 빈 좌석이 많았지만 하필 내 자리는 그녀 옆자리였다. 그런데 창가쪽 내 자리에 그녀가 앉아있었다.

"이 자리, 내 자리인데요."

내 말에 그녀는 뚱한 표정으로 먹고 있던 땅콩 과자와 외투, 짐들을 주섬주섬 챙겨 옆자리로 옮겨갔다. 한참의 어색한 침묵이 흐르고 내가 먼저 말을 꺼냈다.

"여행 중이세요? 어디서 왔어요?"

수잔은 필리핀 사람이며 평소엔 예맨, 이라크, 시리아 등 이름만 들어도 결코 안전할 것 같지 않은 여행 제한 국가를 돌아다니며 NGO에서 난민을 돕는 일을 한다고 했다. 밥을 먹다가도 잠이 들었다가도 길을 걷다가도 폭격 소리를 듣는다고 했다. 폭격은 그녀의 일상이 돼있었다.

"위험하지 않아요?"

내 물음에 그녀에게서 돌아오는 대답은,

"One, two, three, boom(원, 투, 쓰리, 붐)!"

비행기 소리만 들어도 언제 폭탄이 터질지 카운트다운을 할 수 있다며 미소 짓는 그녀를 보며 웃어야할지 울어야할지 난감했다.

"그런 곳에서 일하면 무섭지 않아요?"

땅콩 과자를 연거푸 먹던 그녀가 대답했다.

"당연히 두렵죠. 언제 죽을지 모르니까."

방금 전까지 장난기 넘치는 표정으로 폭탄 터지는 소리를 흉내 내던 수잔의 얼굴에 불현듯 그림자가 드리웠다. 그러고는 이내 옷소매를 걷어 자신의 양쪽 손목을 내

전쟁이 일상

전쟁이 일상인 수잔이 생일선물로 내게 보내온 그림.

게 보여줬다.

수잔의 한쪽 손목에는 산과 해가, 다른 쪽 손목에는 심장 박동 그래프가 타투로 새겨져 있었다. 타투 아래로 희미한 상처가 보였다. 자해를 할 정도로 힘든 유년 시절을 보낸 그녀는 이 일을 하면서 세상엔 자신보다 불행한 사람이 훨씬 많다는 걸 알게 됐다고 했다. 너무 비참하게 살고 있는 사람들을 본 날엔 우울해서 쉽게 잠들지 못한다는 말도 덧붙였다.

"나는 힘들 때마다 이 타투를 봐. 그리고……"

"그리고 뭐?"

"K-드라마를 봐. 그러면 마음이 가라앉고 그 순간만큼은 내가 어디 있는지 잊게 되거든."

나는 감히 수잔이 느끼는 두려움의 정도를 알지 못한다. 하지만 그녀가 한국 드라마를 보고 밤을 새웠다고 한 날엔 그녀에게 힘든 일이 있었겠거니 짐작할 따름이다.

토미와 아니카가 돌아가고 혼자 남은 집에서 삐삐는 잠을 청하려 스스로에게 자장가를 불러준다. 어쩌면 수잔에게 한국 드라마는 삐삐가 부르는 자장가인지도 모르겠다. 얼마 전 나는 그녀에게 메시지를 보냈다.

'현빈 결혼했잖아. 이제 주지훈으로 갈아탈 때가 왔어.'

전쟁이 일상

"난 항상 나한테
잠시 자장가를 불러줘."

_《내 이름은 삐삐 롱스타킹》중에서

빨래방에서
원나잇

우리나라에서 꽤 인기를 얻은 패스트패션을 대표하는 브랜드 H사는 스웨덴에서 이미 70년도 전에 시작됐다. 패스트패션의 원조 나라답게 스웨덴 사람들의 패션 감각은 남다를 것이라고 기대했다.

하지만 스웨덴 사람들의 옷은 수수했고 삐삐가 매일 같은 옷을 입고 나오는 것처럼 일주일씩 같은 옷을 입는 것도 흔한 풍경이었다. 샤워와 빨래를 매일 하지 않는 이유는 환경친화적 생활 방식을 실천하려는 스웨덴 사람들의 작은 노력이라고 생각했다. 스웨덴의 공동 세탁 문화를 경험하기 전까지는 말이다.

장마철 코인 빨래방을 이용할 때를 제외하고 공동 세

탁의 경험이 없는 나로서는 아파트나 기숙사는 물론이고 호텔에서도 공동으로 빨래를 하는 문화가 꽤 낯설었다.

보통 공동주택이나 호텔 지하층에 공동 세탁장이 있고, 거주자들이 시간을 정해 빨래를 하는 방식으로 운영됐다. 예약 시간에 맞춰 세탁을 하고 다음 사람을 위해 제시간에 빨랫감을 가져가는 것은 스웨덴 사람들의 중요한 일과다.

예약 시간을 어기면 다음 예약까지 빨래를 할 수 없어서 외출을 미루는 것도 예삿일이다. 스웨덴 사람들 사이에서 빨래 때문에 일찍 귀가해야 한다는 말은 결코 빈말이 아니다. 사정이 이렇다 보니 빨래 횟수가 줄어들면서 옷을 갈아입는 주기가 늘어나는 것은 당연했다.

내가 머물렀던 호텔에는 유난히 인도에서 온 장기 투숙객이 많아서 늘 세탁장 예약이 만원이었다. 하루는 세탁기를 돌려놓고 세탁이 끝날 시각에 맞춰 내려갔는데, 무슨 영문인지 세탁기가 멈춰있었다. 세탁 중이던 한 남자에게 열 대의 세탁기 중 일곱 대가 고장이라는 비극적인 소식을 전해 들을 수 있었다.

간이 세탁 코스를 선택해도 건조까지 하려면 꼬박 한 시간 반이 넘어갈 것이 뻔했지만, 다음날 체크아웃을 해야 해서 시간이 걸리더라도 그날 안에 꼭 빨래를 마쳐야

빨래방에서 원나잇

스웨덴 사람들의 옷은 수수했고

삐삐가 매일 같은 옷을 입고 나오는 것처럼

일주일씩 같은 옷을 입는 것도 흔한 풍경이었다.

했다. 자정이 넘은 시각이었지만 내 예약 시간이 지난 상황이라 세탁장을 나가면 다시 안으로 들어올 수도 없는 노릇이었다. 결국 그날 새벽, 나는 한 평 남짓한 좁은 세탁장에서 낯선 남자와 단둘이 머물게 됐다.

처음 몇 분은 세탁 시스템의 불편함에 대해 얘기를 나눴지만 곧 대화가 뚝 끊어졌다. 어색한 적막이 흐르자 세탁기 소음은 비행기 지나가는 소리만큼이나 크게 들렸다.

다리도 점점 아파오고, 의자 하나도 없이 세탁물을 올려놓는 간이 테이블이 전부인 공간에서 나는 슬며시 남자가 앉아있는 테이블로 다가가 엉덩이를 반쯤 걸쳤다. 다시 한 번 어색한 시간이 계속 흘러갔다. 흘끔 남자를 보니 휴대폰으로 강아지 사진을 보고 있었다.

"눈이 정말 예쁘네요."

알고 보니 그 남자는 IT 엔지니어로 스웨덴 회사에 파견 근무 중인 스물세 살의 앳된 인도 청년이었다. 스웨덴에서 돈을 벌어 고향에서 가족과 함께 살 집을 사는 게 꿈이라고 했다.

문득 나는 20대에 어떤 꿈을 꿨는지 기억나지 않았다. 보이지 않는 미래를 생각하며 불안해하기는 했지만 눈앞의 청년처럼 야무진 꿈을 가져본 기억은 없다.

그사이 인도 청년은 내일이면 다른 곳으로 떠날 나에게 호텔에서 잘 지내는 깨알 꿀팁들을 알려줬다. 대화가 끊어지고 또다시 어색한 침묵이 찾아올 것이 두려웠던 나는 차마 내일 떠난다는 말을 하지 못했다.

'따링링~.'

마침내 세탁기에서 반가운 소리가 울렸다. 아직 빨래는 축축했지만, 물이 뚝뚝 떨어지지 않는 것만으로도 감사하며 서둘러 세탁실을 나섰다.

빨래방에서 원나잇

"아차, 깜박했네.
일이 있긴 있었어요."

_《삐삐는 어른이 되기 싫어》중에서

삐삐가 인생을 사는 법

말도 안 돼.
심장이 따뜻하게 뛰고 있는데
왜 춥겠니?

책이
가르쳐줄 수 없는 것

세상은 넓고 매일 배워야 할 것으로 차고 넘친다. 도서관 신간 코너에 갈 때마다 '~ 하는 법' '~ 하루 만에 끝내기' '일주일 안에 ~'와 같은 제목을 단 새 책들이 꼭 있다. 요리법부터 시작해 연애 상대 고르는 법, 단식하는 법, 고양이 키우는 법, 타로점 보는 법, 우울증 치료하는 법, 책을 잘 읽는 방법까지, 머릿속으로 떠올리는 거의 모든 지식이 책 속에 다 있는 것 같다. 장난삼아 설마 이런 책도 있을까 하며 제목 검색란에 '숨 쉬는 법'으로 검색해 보니 세상에, 진짜 있다.

사람마다 지식을 알아가는 방법은 다르다. 책이나 강연 같은 간접경험을 통해 지식을 얻는 사람도 있고, 특별

히 배우지 않고 혼자서 조용히 깨닫는 사
람도 있다. 유명 요리사의 레시피를 1그
램의 오차도 없이 계량해 요리해도 뭔가
부족한 맛을 내는 사람이 있는가 하면, 식당에서 딱 한
입 먹어봤을 뿐인데 안에 들어간 식재료까지 귀신처럼
알아내 똑같은 맛을 내는 사람도 있다.

삐삐는 후자에 속하는 것 같다.

"먹을만 한데? 맛이 괜찮아. 언젠가 꼭 이걸로 요리를
만들어야지."

삐삐는 숲에서 딴 버섯 하나를 맛보며 버섯을 넣은 요
리의 맛을 상상하기도 하고 배에서 요리사에게 어깨너머
배운 요리 실력으로 파인애플 푸딩이며 팬케이크, 쿠키
같은 먹음직스러운 요리도 척척 만들어낸다.

삐삐의 능력은 요리에 그치지 않고 집안 대청소부터
크리스마스 장식하기, 정원 손질까지 다재다능하다. 그
중에서도 가장 부러운 능력은 식물이든 동물이든 살아
있는 생명을 잘 키워내는 능력이다.

집에 화분만 들였다 하면 종류 불문하
고 한 달 안에 말려 죽이는 저승사
자 같은 나로서는 화초도 반려동
물도 능숙하게 돌보는 삐삐의 모

책이 가르쳐줄 수 없는 것

"언젠가는 꼭
이걸로 요리를 만들어야지."

_《내 이름은 삐삐 롱스타킹》중에서

습에 그저 감탄할 뿐이다.

평소에 덜렁거리고 뭐든 대충대충 할 것 같은 삐삐지만 뒤죽박죽 별장에 사는 반려동물 말과 원숭이 닐슨 씨의 먹을거리와 잠자리를 챙기는 일만은 절대 건너뛰는 법이 없다. 반려동물에 대한 삐삐의 돌봄은 단순히 의식주를 해결해주는 것에 그치지 않는다.

"닐슨 씨, 밀가루 반죽 속에서 그만 좀 돌아다녀."

과자를 만들던 삐삐는 닐슨 씨에게 잔소리를 늘어놓는다. 그러다가도 햇살 좋은 날 아이들과 소풍을 가서 닐슨 씨가 보이지 않자 제일 먼저 걱정하며 찾아다닌다.

강아지와 함께 산책하며 끊임없이 말을 거는 할머니처럼, 삐삐는 매일 좋은 일이 있든 나쁜 일이 있든 말과 닐슨 씨와 함께 일상을 공유한다. 언어가 달라도 상대를 이해하려는 마음만 있다면 뜻이 통하듯, 삐삐와 반려동물은 종의 경계를 넘어 완전하게 소통하고 있었다.

영화 〈모리의 정원〉에 나오는 화가 모리는 30년 동안 집 밖으로 나오지 않고 정원의 식물과 동물을 관찰하며 산다. 매일 돌과 벌레와 나무에게 말을 걸며 자연과 소통하는 사이, 모리의 걸음걸이는 정원의 사마귀와 많이 닮아있었다.

사랑하면 서로의 모습까지 닮게 된다는 사실을 책은

가르쳐주지 않는다. 살아있는 것을 키워내는 데는 지식이 먼저가 아니라 서로 눈을 마주치고 마음을 읽으려는 교감이 먼저라는 걸 우린 종종 잊고 산다.

세상엔 책으로는 절대로 배울 수 없는 것이 있다.

착하지 않을
자유

"왜 세상엔 모성이 강한 엄마와 착한 딸밖에 없대?"

드라마나 영화에서 화기애애한 엄마와 딸 이야기만 나오면 신경질적으로 채널을 돌리는 친구가 있었다. 그 당시 엄마와의 사이가 그다지 애틋하지 않았던 나로서는 굳이 친구의 말에 토를 달고 싶지는 않았다.

이 세상 모든 엄마의 모성이 강한 것도 아니고, 자식이라고 무조건 착한 딸 아들만 있는 것도 아닌데, 책이나 방송에서는 마치 그런 관계가 표준인 것처럼 떠벌렸다. 그러는 사이, 표준 범주에 들지 못하는 착하지 못한 딸과 아들들은 죄책감에 시달린다.

그림책 《괴물들이 사는 나라》는 '엄마를 잡아 먹어버

릴 거야.'라는 주인공의 대사 때문에 한때 금서가 되기도 하고, 주인공의 불량한 태도 때문에 엄마들 사이에서 '문제적'으로 분류되기도 하지만, 아이들 사이에서는 여전히 인기가 많다.

맥스는 엄마가 하지 말라는 행동을 하고 엄마에게 소리를 지르고, 벌로 방에 갇혀서도 기죽지 않고 상상의 세상으로 여행을 떠나 괴물들의 왕이 된다. 하지만 엄마가 만든 저녁밥 냄새에 이끌려 언제 그랬냐는 듯이 다시 일상으로 돌아온다.

시대를 뛰어넘어 아이들이 이 이야기에 공감하는 이유는 일탈을 꿈꾸는 주인공 맥스를 통해 잔소리하는 엄마에 대한 반항심을 대리 만족할 수 있어서가 아닐까.

딸아이가 유치원에 다닐 무렵의 일이다. 잠시 외출했다 집에 돌아왔는데, 아이 방에서 말소리가 들렸다. 슬쩍 엿보니 딸아이가 인형들을 줄 세워 앉혀놓고 내 목소리 톤까지 흉내 내며 내가 아이에게 하던 잔소리를 그대로 따라 하고 있었다.

그 순간, 거울 속 제 모습을 보고 충격을 받은 괴물처럼 내 행동이 아이에게 스트레스를 준 건 아닌지, 상담이라도 받아야 하는 건 아닌지 여러 생각이 스쳐갔다. 하지만 심각한 내 고민과 달리, 놀이를 끝낸 딸아이는 마치 《괴물들이 사는 나라》 속 맥스가 저녁밥을 먹으러 태연하게 집에 돌아온 것처럼 평소의 모습으로 돌아와 있었다.

아무리 선한 사람이라도 무의식 속에는 자신도 모르는 어두운 부분이 잠재돼있기 마련이다. 공포 영화 속 괴물은 누구에게도 들키고 싶지 않은 지저분하고 공격적이고 잔인한, 내면의 숨겨진 모습을 밖으로 끄집어낸다.

이런 과정은 어쩌면 괴물을 통해 내 안에도 괴물과 같은 본성이 있음을 깨닫고, 누군가를 직접 해치지 않는 안전한 방식으로 내면의 그림자들을 꺼내서 마주하는 일종의 '의식' 같은 것인지도 모르겠다. 그래서일까, 공포 영화 속 주인공은 기괴할수록 인기가 더 많고 사람들은 매번 안 보겠다 다짐하면서도 더 괴기스러운 괴물을, 더 강한 공포를 기대한다.

삐삐의 꿈은 비행사도 아니고 사육사도 아니고 선장도 아닌, 바다의 악당 해적이 되는 것이다. 왜 하필 삐삐의 꿈은 정의롭지 못한 해적이었을까?

어쩌면 소외당하고 억압된 아이들을 착한 아이 콤플렉스로부터 벗어나게 해주려는 삐삐의 속 깊은 배려였을지 모른다.

누구나 화낼 자유가 있고 누구나 착하지 않을 자유가 있다.

착하지 않을 자유

"난 커서 해적이 될 거야.
너희는?"

_《내 이름은 삐삐 롱스타킹》중에서

아들 한 명과
아들 두 마리

삐삐를 조롱하고 무시하는 마을 사람들 앞에서 토미와
아니카의 엄마는 삐삐의 편을 들어준다. 겉으로 내색하
지 않았지만 토미와 아니카의 무인도 여행을 허락한 걸
보면 토미와 아니카 엄마는 삐삐를 내심 믿음직한 아이
로 생각했던 것 같다.

사람들은 타인을 평가하는 자신만의 기준을 가지고
있다. 결혼을 한 사람과 안 한 사람, 혈액형이 B형인 사람
과 아닌 사람, 군대를 간 사람과 안 간 사람, 스마트폰을
쓰는 사람과 안 쓰는 사람. 사람들은 각자 만든 고유의
'자'로 알게 모르게 누군가를 평가한다.

나의 자는 강아지를 키워본 사람과 아닌 사람이다. 물

론 강아지를 키우는 사람이 모두 좋은 사람은 아니지만 적어도 완전히 나쁜 사람은 없다는 근거 없는 믿음을 가지고 있다.

스톡홀름 알빅역 근처 아침 출근 시간, 분주하게 오가는 사람들 사이로 아기 띠를 둘러멘 한 엄마의 모습이 눈에 띄었다. 그녀는 아기를 가슴에 안고 양손에 각각 목줄을 거머쥔 채 대형견 두 마리까지 데리고 걷고 있었다. 그런데도 그녀에게서 힘든 기색은 찾을 수가 없었다.

알빅역 근처에는 스웨덴 올림픽 당시 풋볼 경기장이 남아있어 개와 함께 산책하는 사람들을 흔하게 볼 수 있다. 하지만 갓난아기와 대형견 두 마리가 동시에 산책 나온 풍경은 이곳에서도 드문 모양인지 다들 신기한 눈으로 쳐다봤다.

호기심이 발동한 나는 아기 엄마에게 양해를 구하고 대가족의 사진을 찍었다. 멀어지는 대가족의 뒷모습을 보며 아기가 갑자기 울거나 우유를 달라고 보채면 어쩌나, 기저귀 갈 일이 생기면 어쩌나, 개가 갑자기 다른 곳으로 뛰어가면 어쩌나, 괜한 노파심이 들었다.

며칠 뒤, 같은 장소에서 대가족과 또 한 번 마주쳤다. 아기 엄마는 사진을 찍어간 나를 기억하고 있었다. 원래 키우던 반려견일 거라는 나의 예상과 달리, 그녀가 산책

강아지를 키우는 사람이 모두 좋은 사람은 아니지만

적어도 완전히 나쁜 사람은 없다는

근거 없는 믿음을 가지고 있다.

시키는 강아지 두 마리 모두 유기견이었다. 그녀는 단지 개들이 좀 더 넓은 곳에서 산책하길 바라는 마음에 매일 신생아를 데리고 지하철을 타고 왕복 두 시간이 걸리는 이 동네까지 온다고 했다.

매일 산책시키는 건 기본이고, 적어도 일주일에 한 번은 목욕도 시켜야 하고, 대형견이니 사료 양도 만만치 않고, 개 짖는 소리에 아기 잠도 깨울 텐데⋯⋯. 내 머릿속으로 그녀의 바쁘고 고단한 일상이 휙휙 지나갔다.

"신생아에 대형견 두 마리까지, 고생스럽지 않아요?"

"나는 아들이 셋이에요."

내 어리석은 질문에 그녀가 활짝 웃으며 대답했다.

강아지와 함께 산다는 것은 내 일상 중 적어도 몇 개 이상을 포기해야 한다는 뜻이다. 먹이고 재우고 산책시키는 일은 기본이고, 예민한 강아지라면 같이 사는 동안엔 장거리 여행도 기꺼이 포기해야 한다.

또 언제 어디서 개를 혐오하는 이웃과 마주쳐 모욕적인 말을 들을지 모르니 마음의 면역력도 길러야 한다. 강아지를 입양하는 것은 영원히 자라지 않는 신생아를 집에 들이는 것과 같다.

동생을 갑작스럽게 떠나보내고 두 달 뒤, 우연히 강아지 한 마리가 우리 집에 오게 됐다. 벚꽃이 바람에 날리고 동생이 유난히 보고 싶던 어느 날, 강아지는 자신의 작은 몸을 살포시 내게 기대왔다. 강아지의 체온이 내 몸에 전해지는 순간, 가족 앞에서조차 꾹 참고 있던 울음이 터져버렸다.

강아지는 내가 다 울 때까지 곁에 앉아서 가만히 기다려줬다. 그렇게 씽씽이와 나는 가족이 됐다. 개털 알러지가 있는 나는 매일 약을 먹으며 오늘도 씽씽이와 함께 산책을 한다.

가족을 선택할 수 없는 것처럼 반려동물 또한 사람이 선택하는 것이 아니라, 이미 정해진 운명이란 믿음은 시간이 지날수록 점점 확신으로 변한다.

"삐삐 롱스타킹이
항상 옳은 행동만 하는 건
아니에요. 하지만
생각은 똑바로 박힌
아이라고요."

_《삐삐는 어른이 되기 싫어》중에서

누군가를
믿는다는것

삐삐는 스웨덴의 작은 시골 마을에 사는 토미와 아니카에게 난생 처음 들어보는 별별 나라 사람들에 대한 얘기를 들려준다. 상하이에 살고 있는 망토로 써도 될 만큼 큰 귀를 가진 하이 상 이야기, 키가 2미터 70센티미터가 넘지만 너무 말라서 움직일 때마다 뼈에서 달그락달그락 소리가 나는 싱가포르에서 만난 쌍둥이 형제 이야기, 미국 샌프란시스코에서 권투 챔피언과 시합을 한 이야기까지.

바다 건너 다른 나라는커녕 살고 있는 마을 밖으로 벗어날 기회조차 없는 시골 아이들에게 삐삐가 전하는 이야기는 다른 세계로 통하는 창이나 다름없었다. 삐삐가 들려주는 믿기 어려운 세상 밖 이야기에 귀가 솔깃해지

면서도 한편으론 삐삐의 말이 진짜가 아닐까 봐 아이들은 내심 걱정한다.

어느 날, 토미와 아니카는 삐삐를 따라 쿠르쿠르두트 섬으로 떠날 기회를 얻는다. 그리고 마침내 섬에 도착한 토미와 아니카는 원주민의 왕이 된 삐삐 아빠와 만나게 된다.

아빠가 식인종 섬의 왕이라는 이야기부터 두꺼비호에 탄 이상한 선원들 이야기까지, 믿기 어려웠던 삐삐의 말들이 진실임이 밝혀지자 토미와 아니카는 알 수 없는 안도감을 느낀다. 그건 마치 다른 사람은 믿지 않던 진실을 나 혼자 끝까지 믿고 지지한 것에 대한 일종의 보상 같은 느낌이었는지 모른다.

지금은 방에 앉아 남아프리카 공화국부터 브라질 페루, 알래스카 사람들까지 만날 수 있는 세상이 됐지만 인터넷도 없고 해외여행도 흔치 않던 시절에 뷰마스터를 통해 보는 사진은 나를 한 번도 가본 적 없는 세계로 데려가는 유일한 통로였다.

하지만 시간이 흐르고 뷰마스터로 본 세상 모두가 현실이 아님을, 그중에 가짜도 섞여있다는 것을 알게 된 순간, 그때까지 내가 믿고 있던 모든 사실을 의심하게 됐다.

그건 사람과의 관계도 마찬가지다. 오랜 세월 알고 지내면서 많은 것을 공유하고 나를 온전히 이해한다고 믿었던 상대에게서 어느 순간 믿음이 깨지면, 지금까지 내가 알고 있던 그 사람의 전부가 낯설어지면서 그 사람과의 좋았던 기억을 포함한 관계 전부가 도미노처럼 무너진다.

삐삐 아빠가 진짜 식인종 섬의 왕이어서, 쌍둥이 거인을 실제로 볼 수 있어서, 그리고 삐삐가 했던 말과 약속 하나하나에 대한 진실이 밝혀지기 전에 〈말괄량이 삐삐〉 시리즈가 종영돼 얼마나 다행인지!

"다시 배를 타게 되다니,
정말 꿈만 같아.
자유가 넘치는 바다로
가는 거야!"

_《삐삐는 어른이 되기 싫어》중에서

나는 선무다

머리에 비니를 눌러쓴 채 짝다리를 짚고 교탁에 서 있는 그의 눈빛은 어딘가 모르게 날카롭고 반항적이었다. 파란 눈의 스웨덴 학생들 앞에서도 주눅 든 기색 하나 없이 강한 북한 억양으로 작품을 설명하는 그에게서는 카리스마가 느껴졌다. 스톡홀름대학교 초청 특강에서 만난 탈북 화가 선무에 대한 첫인상은 그랬다.

똑같은 유니폼을 입은 채 손잡고 줄지어 서있는 북한 아이들의 모습이 담긴 포스터 한 장에 끌려 나는 홀린 듯 특강을 들으러 갔다. 그를 처음 본 순간, 한 다큐멘터리에 소개됐던 탈북 화가 '선무'라는 것을 한눈에 알아봤다.

선무는 경계도 국경도 없다는 뜻이다. 북한에 두고 온

가족 때문에 그는 오랫동안 이름 없는 화가로 살고 있었다. 그의 그림 소재 대부분이 북한 체제와 북한 주민의 삶을 풍자한 것이었는데, 처음 그런 그림을 그릴 땐 손이 떨려 붓을 제대로 잡을 수 없을 정도였다고 했다.

평생 충성을 다짐하며 존경의 대상으로 그렸던 그림을 조롱의 대상으로 표현한다는 행위 자체가 부담감을 넘어 공포가 될 수도 있겠다는 생각이 들었다. 이런 주제 의식이 강한 그림을 그릴 정도면 이데올로기가 싫어서라든지 진정한 자유를 갈망해서라든지 뭔가 진지한 탈북 동기가 있을 것 같았다.

하지만 그에게서 돌아온 대답은 간단명료했다.

"배가 고파서요. 별다른 불만은 없었어요. 굶지 않았다면 안 도망쳤을 거예요."

오랜 기근으로 식량이 부족해지자 먹을 것을 구하려다 결국 그는 국경을 넘었다고 했다. 그때까지만 해도 북한의 체제를 부정하거나 원망한 적은 없다고 했다. 북한을 깎아내릴 것이라는 나의 예상은 보기 좋게 빗나갔다.

정권이 바뀔 때마다 예정된 전시 콘셉트가 변경되거나 급작스럽게 전시가 취소돼서 전시를 하려면 국내보다 유럽이나 다른 나라가 더 자유롭다는 말도 덧붙였다.

탈북해 남한에 정착하는 동안 의식주 문제는 해결됐어

도 순수한 예술가로 인정받은 것은 녹록치 않은 현실임을 그의 자조 섞인 미소가 대신 말해줬다.

그런 사정 때문에 서울에서 한 번쯤 볼 수 있었을 전시를 돌고 돌아 이 먼 스웨덴까지 와서 보고 있는 게 아닐까 하는 생각이 스쳐 지나갔다.

강연이 끝나고 술자리에서 그를 다시 만날 수 있었다. 그는 식당에서 제일 독한 술을 주문해 연거푸 술잔을 비웠다. 통 말이 없던 그가 술기운이 돌자 강연을 주선한 동독 출신 교수와 호주 출신 통역사쪽으로 돌아앉아 대화를 주고받았다. 술자리가 끝날 무렵, 나만 빼고 세 사람끼리 사진을 찍었다. 아마도 그에게 나는 마냥 편할 수만은 없는 남한 사람 중 한 명이었을지도 모르겠다.

"삐삐가 여길 보면 손을 흔들어줄 텐데."

여행에서 집으로 돌아온 토미와 아니카는 창문을 통해 삐삐를 보고 있으면서도 삐삐를 그리워한다. 삐삐가 아이들에게 무조건적인 희망인 것처럼, 선무에게도 남한이 한순간이나마 이상향이었던 때가 있었을 것이라고 믿고 싶다. 내일 아침 일찍 뮌헨으로 떠난다는 그에게 서울에서 한번 만나자는 뻔한 빈말을 건넸다.

그가 어디에 있든지 그와 가족이 무사하기를 바란다.

"지금이 아침이면 좋겠어.
그러면 당장
삐삐한테 달려갈 텐데."

_《삐삐는 어른이 되기 싫어》 중에서

라이자 할머니

삐삐는 신이 나면 노래를 흥얼거리고 발을 구르며 온몸
으로 흥을 표현한다. 스웨덴에서 '흥부자' 라이자 할머니
를 만난 건 한 콘서트장에서였다.

지인에게 등 떠밀려 즉흥적으로 가게 된 콘서트라 솔
직히 연주자가 누구인지 어떤 공연인지 별다른 관심이
없었다.

콘서트가 시작되기 전 팸플릿을 떨어뜨렸는데, 내 바
로 옆자리에 있는 풍채 좋은 할머니가 주워줬다. 바로 라
이자 할머니였다. 호탕한 성격의 할머니는 자신을 콘서트
에 나오는 휴고라는 바이올린 연주자의 '왕팬'이라고 소
개했다.

그때부터 콘서트 시작 전까지 15분 동안 나는 휴고라는 연주자가 어느 나라 출신인지, 그의 연주가 얼마나 매력적인지, 젊은 나이에 연주자로 성공한 비결이 무엇인지, 팬이 얼마나 많은지, 휴고에 대한 거의 모든 정보를 할머니를 통해 알게 됐다.

라이자 할머니는 길거리에서 마주친 사람에게 절대 먼저 말을 거는 법이 없는 스웨덴에서 만난 가장 수다스러운 사람이었다. 그녀는 40년 전 에스토니아 탈린에서 스웨덴 남자와 사랑에 빠져 스톡홀름으로 건너왔다고 했다.

탈린이란 말에 할머니의 얼굴을 흘끔 다시 봤다. 각진 얼굴에 짧은 머리칼, 얼굴 절반을 덮는 안경을 쓴 그녀는 언뜻 남자처럼 보였다.

몇 년 전, 랜덤으로 매일 인터넷 바탕 화면을 바꿔주는 서비스에서 본 이미지 한 장에 마음을 빼앗긴 적이 있다. 빨강 노랑 주황의 원색으로 칠해진 집들, 뾰족하게 솟은 러시아풍의 성, 한 번쯤 걸어보고 싶은 골목길…… 마을 전체가 동화 속에나 나올 법한 아름다운 풍경에 한동안 넋을 잃고 바라봤다.

이름도 낯선 에스토니아의 탈린이었다. 저런 작고 아담하고 아름다운 도시에 사는 사람들이라면 도시 분위기에 맞게 작고 아담하고 귀여운 사람들이 살 거라는 막연

라이자 할머니

저런 작고 아담하고

아름다운 도시에 사는 사람들이라면

도시 분위기에 맞게 작고 아담하고

귀여운 사람들이 살 거라는

막연한 상상을 했더랬다.

한 상상을 했더랬다.

하지만 내가 처음 만난 탈린 사람은 아담하지도 귀엽지도 않았다. 라이자 할머니는 180센티미터를 훌쩍 넘기는 키에 덩치도, 목소리도 크고 웃을 땐 목젖이 보이도록 시원하게 웃는 호탕한 성격이었다.

무슨 사연 때문인지는 몰라도 그녀는 스웨덴에서 결혼생활을 하는 동안 스톡홀름에서 배로 고작 세 시간이면 갈 수 있는 고향에 한 번도 간 적이 없다고 했다. 그래도 고향 음식에 대한 향수는 남아 손녀의 생일에 에스토니아 요리를 만들어주려고 한다고. 그런데 요즘 아이들은 햄버거만 좋아한다며 볼멘소리를 했다.

그렇게 수다를 떠는 사이 휴고의 연주가 시작됐다. 휴고는 바이올린을 연주하는 중간중간 무대 위에서 발을 굴리며 관객의 흥을 돋았다. 휴고가 인사를 하고 곡에 대한 설명을 할 때마다 할머니는 애정이 가득 담긴 눈길로 무대를 바라봤다.

콘서트가 끝났을 때, 할머니는 관객석의 그 누구보다 크게 박수 치며 환호했다. 그녀는 휴고의 연주를 따라 스웨덴 전국을 돌아다닌다고 했다. 10대 소녀들의 아이돌 사랑 못지않게, 좋아하는 누군가를 향해 관심과 사랑을 표현하는 그녀는 행복해보였다.

그날 나는 스톡홀름 시내 한가운데서 탈린보다 탈린 사람을 먼저 만났다. 내가 본 첫 탈린 사람은 누구보다 정열적이었다.

"스웨덴 사람들이
쿵쾅거리며 나가신다."

_《내 이름은 삐삐 롱스타킹》 중에서

강아지 바보
미미 아빠

"이 집에서 너 혼자 사는 거니?"

"무슨 소리야! 닐슨 씨랑 말도 같이 살잖아."

아니카의 물음에 삐삐는 샐쭉하게 대답한다.

삐삐에게 원숭이 닐슨 씨와 말은 단순한 반려동물이 아니라 삐삐와 아이들을 연결해주는 '다리'의 역할을 한다.

스웨덴에서 나와 낯선 이와의 만남을 이어준 다리는 강아지였다. 미미 아빠를 처음 본 건 중앙역으로 가는 지하철 안에서였다. 남자들의 평균 신장이 180센티미터가 넘는 스웨덴에서 170센티미터가 채 안 되는 왜소한 체구에 40대 중반 정도로 보이는 미미 아빠는 상대적으로 눈에 띄었다.

지하철 맞은편 자리에 앉은 미미 아빠가 조심스럽게 들고 있는 가방 안에는 유난히 작은 갈색의 포메라니안 미미가 있었다. 나와 눈이 마주친 미미가 짖자 미미 아빠는 미미를 달래며 나에게 눈인사를 건넸다. 지하철을 타고 가는 내내 미미 아빠가 가방에서 시선을 못 떼고 안절부절못하는 것으로 봐서 미미는 어디가 불편한 것 같았다.

"관절이 안 좋아서 병원에 가는 길이에요."

원래 대형견이었던 종을 인간의 기호에 맞춰 소형견으로 개량한 포메라니안은 80퍼센트 이상이 무릎 관절에 이상이 있다. 내 반려견 포메라니안 씽씽이도 관절에 금이 가서 몇 달 동안 잘 걷지 못했다.

가냘픈 몸을 수술시키는 게 마음에 걸려 관절에 좋다는 모든 방법을 총동원했다. 그 결과, 씽씽이는 수술을 안 하고 지금까지 그런대로 잘 버티고 있다. 그 뒤로 포메라니안 주인을 보면 마치 엄마들이 아이들 육아 정보를 공유하는 것처럼 관절엔 어떤 사료가 좋은지, 산책은 하루에 몇 번 시키는지, 나의 경험담을 들려주곤 한다.

개를 키우는 사람끼리 만나면 서로의 신상 정보는 관심 밖이다. 알약을 어떻게 먹이는지, 동네 어떤 동물병원이 양심적인지, 사료는 어떤 것을 먹이는지, 산책을 할 때 어떤 버릇이 있는지, 오직 개와 관련된 정보에만 관심이 있다.

옆집에 사는 사람에게도 말을 건네는 게 어색한 요즘이지만, 개를 사이에 두고 처음 보는 할머니와 손자뻘 되는 아이가 이야기를 나누고, 공원에서 만난 새댁과 할아버지가 나란히 걷는 모습은 낯선 풍경이 아니다.

내가 휴대폰으로 씽씽이 사진과 먹였던 사료를 보여주자 미미 아빠가 눈을 반짝거리며 관심을 보였다. 서로의 이름조차 몰랐지만 지하철에서 내릴 무렵이 되자 나와 미미 아빠는 꽤 친해져 있었다. 그는 내가 추천해준 관절에 좋다는 사료를 휴대폰에 저장한 뒤 손을 흔들며 헤어졌다.

미미 아빠를 다시 만난 건 스톡홀름대학교로 가는 버스 안이었다. 미미 아빠가 나를 먼저 알아보고 미미가 수술을 안 해도 된다며 활짝 웃어보였다. 언제 다시 또 만날까 싶은 마음에 우린 기념사진을 한 장 찍고 헤어졌다.

몇 주 뒤 스웨덴 북쪽으로 여행을 다녀온 늦은 밤이었다. 게스트하우스의 현관문은 낮 동안만 개방되고, 밤에는 비밀번호를 누르고 들어가야 한다는 것을 하필 그날 밤에서야 알았다. 현관문을 통해 엘리베이터를 타지 못하면 야외에 설치된 가파른 계단을 걸어서 한참을 돌아가야 했다. 꽁꽁 언 손으로 무거운 캐리어를 들고 계단을

오를 생각에 숨을 고르고 있는데, 누군가 날 불렀다. 미미 아빠였다.

알고 보니 미미 아빠는 내가 묵고 있는 게스트하우스가 있는 아파트에 살고 있었다. 당황한 내 모습을 본 미미 아빠는 묻지도 따지지도 않고 현관문 비밀번호를 일러줬다. 그 덕분에 나는 엘리베이터를 타고 무사히 게스트하우스로 돌아올 수 있었다.

미미와 씽씽이가 아니었다면 그날 밤 난 무거운 캐리어를 끌고 셀 수 없이 많은 계단을 이 악물고 올라가야 했을 것이다. 때론 사람이 아닌 존재가 사람과 사람 사이를 연결시킨다. 삐삐의 닐슨씨와 말처럼.

참, 그런데 왜 삐삐는 말에겐 이름을 안 지어줬을까?

"무슨 소리야!
닐슨 씨랑 말도 같이 살잖아."

_《내 이름은 삐삐 롱스타킹》 중에서

기억하는 밤

웬만해선 기가 꺾이는 법 없는 삐삐가 토미와 아니카 엄마에게서 예의 바르지 않다는 핀잔을 들은 뒤엔 눈물을 글썽인다. 제아무리 삐삐여도 그날 밤만큼은 잠들기 전 울면서 엄마를 찾지 않았을까. 1년에 딱 하루만이라도 하늘나라에 있는 엄마를 만날 수 있는 날이 있다면 삐삐의 외로움이 조금은 덜했을까?

애니메이션 〈코코〉의 주인공 미구엘은 '죽은 자의 날'에 이미 세상을 떠난 자신의 조상을 만난다. 영화 보는 내내 딱 하루 우리 곁을 떠난 가족을, 친구를, 사랑하는 사람을 만날 수 있는 날이 있다면 어떨까 상상했었다.

스웨덴에도 비슷한 기념일이 있다. 기독교의 모든 성인

을 기리는 만성절이다. 만성절 오후가 되면 스톡홀름 시내에서 조금 떨어진 공동묘지 '슈코크쉬르코 가든'에는 가족을 찾아온 사람들의 행렬이 끝없이 이어진다.

'숲의 정원'이란 이름처럼, 이곳은 공동묘지라기보다 잘 가꿔진 정원 같았다. 도심 속에 펼쳐지는 호젓한 숲길을 바람 소리를 따라 걷다 보면 평탄한 언덕이 나오고 다시 언덕을 따라 내려오면 그림 같은 연못과 야외 십자가가 나타난다. 이승에서 어떤 삶을 살았어도 이 아름다운 정원에 머무는 지금 이 순간 또한 나쁘지 않을 것 같다는 생각이 들 정도로 고요하고 아름다웠다.

제법 쌀쌀해진 11월의 토요일 오후, 이미 밖은 깜깜했지만 촛불을 손에 든 사람들이 지하철역부터 길을 만들었다. 그중엔 사랑하는 이의 묘를 찾아온 가족도 있고, 밤 문화가 없는 스웨덴에서 축제 분위기를 만끽하려고 나들이를 나온 젊은이와 연인들도 있었다. 무덤 곳곳에는 향초와 편지, 사진 액자 등이 놓여있었다.

언덕에서 내려와 잠시 흔들리는 촛불을 바라보고 있는데 한 할아버지가 내 곁으로 다가왔다. 할아버지는 8년 전 뇌졸중으로 돌아가신 아버지를 찾아 이곳에 자주 온다고 했다.

"아버지 모습이 지금도 기억나세요?"

기억하는 밤

1년에 딱 하루만이라도

하늘나라에 있는 엄마를 만날 수 있는 날이 있다면

삐삐의 외로움이 조금은 덜했을까?

"그럼, 아직도 너무 생생하지. 아파서 고통스러워하던 모습이 떠올라 마음이 괴로워."

죽음은 태어나던 순간처럼 누구나 처음 맞는 순간인데, 왜 나이가 들면 죽음을 맞이하는 것도 누군가를 떠나보내는 것도 익숙할 거라고 생각할까? 아흔 넘어 세상을 떠난 아버지를 그리워하는 일흔 살 넘은 아들의 눈가가 금방 촉촉해졌다.

"누구를 찾아왔어?"

할아버지가 물었다.

"제 동생이요."

그때 왜 불쑥 그런 대답이 튀어나왔는지 모르겠다.

한국으로 돌아가기 사흘 전, 나는 다시 숲의 정원에 들렀다. 안개가 자욱하게 내린 산책길은 몸이 움츠러들 정도로 쌀쌀했지만, 나무와 풀 냄새는 한층 더 진해져 있었다. 언덕을 올라 '이름 모를 영혼들을 위한 곳'이라는 팻말이 있는 작은 정원에 도착했다.

정원 가운데 작은 연못이 있고, 연못 가장자리에 누가 가져다놓은 것인지 모르는 작은 화분과 양초들이 빈틈없이 놓여있었다. 나는 촛대와 동생에게 미리 써온 편지를 작은 틈새에 밀어 넣었다.

동생은 소주와 친구를 유난히 좋아했다. 납골당의 작

은 유리창 너머로 동생을 마주할 때마다 푸른 바다 위를 가르던 바닷새 같던 동생과 어울리지 않는 장소라고 생각했다.

그런데 이곳이라면 해도 보고 달도 보고 바람과 나무 냄새도 맡으며 사람들과 어울려 마음껏 산책할 수 있을 것 같았다. 어쩌면 만성절에 만난 할아버지의 아버지와 진작에 만나 인사를 나누고 소주잔을 기울였을지도 모르겠다.

그날 나는, 숲의 정원에 동생을 두고 왔다.

삐삐가 다락에서 유령을 만나듯,
나에게도 1년에 딱 한 번만이라도 동생과 만날 수 있는
비밀 장소가 있으면 좋겠다.

"다락에 올라가서
유령들을 만나 볼까?"

_《내 이름은 삐삐 롱스타킹》중에서

삐삐가 가르쳐주지 않은 것

아
살아있다는 건
정말 멋져!

라떼파파

  소식도 없이 불쑥 집으로 돌아온 아빠를 본 삐삐는 아빠에게 덥석 안겨 볼을 비빈다. 그 순간만큼은 삐삐도 천하장사나 독거소녀가 아닌 아빠에게 응석을 부리는 아홉 살 소녀였다.

  알고 보면 삐삐의 아빠도 '싱글대디'다. 아홉 살 난 딸을 혼자 살게 내버려두는 무책임한 아빠이긴 해도, 배에서 삐삐와 함께 사는 동안엔 엄마 대신 책도 읽어주고 머리도 빗겨주고 아침 식사도 챙겨줬을 것이다.

  아기를 유모차에 태우고 한 손에 커피를 든 아빠들이 수다 떠는 모습은 스웨덴의 흔한 아침 풍경이다. 한 손에 유모차를, 한 손에 커피를 든 일명 '라떼파파'들이다.

양성평등 문화가 빨리 싹튼 스웨덴에서 여성들이 일하는 것은 자연스러운 일상이지만, 여성에게 일과 육아를 함께 책임지는 슈퍼우먼을 강요하지도 않는다. 엄마는 말할 것도 없고 아빠도 육아휴직을 눈치 보지 않고 당당하게 쓸 수 있는 사회적 분위기다.

그래서일까, 스웨덴의 출산율은 꽤 높다. 한 가정에 두 명은 보통이고, 서너 명의 자녀가 있는 집도 드물지 않게 볼 수 있다.

그림책을 보여주려고 방문한 한 초등학교에는 한 반에 서른세 명이 함께 수업을 들었는데, 학생 수에 비해 교사 수가 부족하다고 했다. 학생 수가 모자라 도시에 폐교가 늘고 교사와 교실이 남아도는 한국과는 사뭇 다른 분위기였다.

버스 정류장에서 만난 네 아이의 아빠 프레드릭은 유모차에서 내리겠다고 울며 떼 쓰는 아이를 한 손으로 감싸 안은 채 자장가를 불러주고 있었다. 공공장소에서 아이가 울면 당황할 법도 한데, 아빠는 서두르지 않고 자신만의 속도로 아이를 달랬다.

50대의 늦둥이 아빠 프레드릭은 노르웨이 병원에서 연구원으로 일하는 아내를 대신해 파트타임으로 일을 하며 네 아이의 육아를 책임지고 있다고 했다. 딸 아이 한

203 라떼파파

명을 육아하는 것만으로도 심각한 우울증에 시달렸던 나로서는 세 명도 아닌 네 명, 그것도 남자아이 넷을 돌본다는 프레드릭이 '육아의 신'으로 보였다.

스톡홀름에서 만난 또 한 명의 라떼파파는 인도 출신이었다. 스웨덴에 처음 머물렀던 레지던스 호텔에는 작은 간이 주방이 딸려 있었는데, 호텔 투숙객의 80퍼센트 이상이 인도 출신 엔지니어들이었다. 그러다 보니 저녁에 복도에 들어서기만 해도 향신료 냄새가 코를 찔렀다.

가족을 고향에 남겨두고 혼자 생활하는 직장인이 대부분이었는데, 그중 매일 식당에서 마주친 한 인도 출신 아빠가 눈에 띄었다. 유난히 눈이 큰 여자아이 아나야의 아빠였다. 호텔 식당에서 제공하는 간단한 아침을 먹고 출근을 서두르는 직장인들 틈에 아나야 아빠는 편식하는 딸의 아침 식사를 챙기고 있었다.

스웨덴 은행에서 파견 근무를 하게 된 엄마를 대신해 낮 동안 아나야를 돌보는 것은 오롯이 아빠의 몫이었다. 수줍음이 많은 아나야는 나와 마주칠 때마다 아빠 등 뒤로 숨곤 했는데, 내가 발견한 동네 맛집과 도서관 주변 볼거리에 관한 이야기를 나누면서 부녀와 제법 친해졌다.

며칠 뒤 아나야 아빠가 내게 아나야 엄마를 소개했다. 아나야의 엄마는 인도 여성들이 입는 전통 의상을 걸치고 있었는데, 어딘지 모르게 카리스마가 느껴졌다. 그녀는 호탕하게 웃으며 먼저 내게 손을 내밀었다. 카리스마 넘치는 아나야 엄마와 다정다감하고 여성스러운 아나야 아빠, 반전 커플의 매력이 느껴졌다.

 젠더 간의 갈등에 논쟁이 아닌 가장 솔직하고 진지한 방식으로 대안을 제시하고 있는 세상의 라떼파파들이 사랑스럽다.

스웨덴 고틀란드섬에 있는 '뒤죽박죽 별장'. 전 세계 각지에서 사람들이 뚱보 왕의 사랑스러운 딸 삐삐를 만나러 이곳에 온다.

"내 사랑스러운 딸,
삐삐로타 롱스타킹!"

_《내 이름은 삐삐 롱스타킹》 중에서

그들의 밤은
낮보다 아름답다

삐삐의 생일은 11월이다.

스웨덴의 11월은 10월과는 사뭇 분위기가 달랐다. 내가 머물던 스톡홀름은 오후 네 시면 거짓말처럼 해가 져서 깜깜한 밤이 됐다. 시계를 보면 분명 한낮인데, 밖은 이미 한밤중이다.

창밖으로 지는 해를 바라볼 뿐인데 온몸에서 기운이 빠져나가면서 알 수 없는 우울감이 찾아왔다. 해가 지면 알 수 없는 무기력증이 찾아왔고 모든 의욕이 어둠과 함께 사라졌다. 이 땅에서 태어나고, 자란 사람에게 어둠은 대수롭지 않은 일상이어서 그랬을까, 스웨덴 사람 그 누구도 이 우울한 계절에 대해 얘기해주지 않았다.

해가 지면 집집마다 발코니에 반짝이 조명이 켜진다. 스웨덴은 아파트든 호텔이든 방에서 입김이 새어 나올 정도로 기온이 내려가도, 에너지 절감 차원에서 11월에 들어서야 겨우 난방을 시작한다. 그런 스웨덴에서 아무도 없는 발코니에 환하게 불을 밝히는 문화는 좀 의아했다.

"아무도 없는데 발코니 불은 왜 켜놓는 거야?"

스웨덴 친구에게 물었다.

"어두운 게 무섭고 싫으니까."

스웨덴 사람에게도 어둠은 익숙지 않은 모양이다. 어둠 속에서 집을 찾아오는 가족들이 길을 헤맬까 걱정하는 마음이 모여 집집마다 조명을 환하게 밝힌다.

본격적인 어둠이 시작되는 11월이 되면 박물관이나 식물원 같은 공공시설엔 오히려 야간 개장이 늘고 사람들은 야간 마라톤을 하며 어둠을 적극적으로 즐긴다. 스웨덴에서 가장 큰 축제 중 하나인 빛 축제도 이맘때 열린다. 분위기도 즐길 겸 나도 산책하는 사람들을 따라나섰다.

사람들이 삼삼오오 무리를 지어 자리를 떠나고 나만 산책 코스를 정하지 못해 망설이고 있을 때였다. 양손에 등산 스틱을 든 한 할아버지가 홀연히 나타나더니 호수 너머를 가리키며 연신 '쏘 그레이트, 판타스틱(So great, Fantastic)'을 외쳤다.

그들의 밤은 낮보다 아름답다

어두운 게 무섭고 싫으니까.

나는 할아버지의 추천 코스에 도전해보기로 마음먹고 썩썩하게 길을 나섰다. 그때까지만 해도 비밀 루트라도 알아낸 양 설레는 마음으로 걷기 시작했다. 곧 나에게 닥칠 고난은 전혀 예상하지 못한 채.

이름만 축제지 비포장도로의 호수 가장자리에 드문드문 놓인 향초의 불빛을 따라 걷는 유난히 어둡고 심심한 산책이었다. 처음엔 향초가 길을 따라 빽빽하게 놓여있어 어둡지 않았다. 또, 오가는 산책자들도 간간히 눈에 띄고 향초 냄새도 은은하게 풍겨와 분위기가 괜찮았다.

몇백 미터쯤 걸었을까, 인적이 점점 드물어지기 시작하더니 급기야 주변에 아무도 없이 나 혼자 걷고 있었다. 이미 몸은 땀으로 흠뻑 젖었고 빛이라고는 호수의 물 위로 떨어진 달과 드문드문 일렁거리는 향초의 불빛이 전부였다.

할아버지가 추천한 코스는 혼자서 완벽한 어둠을 즐기기에 가장 좋은 기준으로 정한 코스 같았다. 갈수록 길은 험해졌고, 드문드문 있던 향초마저 사라지고 없었다. 기온이 내려간 탓에 휴대폰 배터리도 다 닳아서 주변에 빛이라고는 남아있지 않았다.

마치 사진 필름을 인화하는 암실에 들어선 것처럼 지금까지 한 번도 경험하지 못한 '절대 어둠'이 찾아오자 와락 두려움이 몰려왔다. 그 순간 내가 할 수 있는 선택은

둘 뿐이었다. 기어서라도 불빛이 있는 곳까지 계속 전진하거나 다음 날 해가 밝을 때까지 그 자리에 머물거나.

손으로 더듬어 바위 한 개를 겨우 찾아 서있으니 호수 위로 떨어진 달빛 사이로 헤엄치는 물새들이 눈에 들어왔다. 그리고 까맣게만 보이던 숲이 조금씩 눈에 익숙해졌다.

나는 숨을 크게 들이마시고 야생동물이라도 된 듯 두 팔과 다리로 길을 더듬으며 조금씩 앞으로 나아갔다. 얼마나 더 걸었을까. 저 멀리 흔들리는 불빛이 보이기 시작했다. 그제야 안도감에 눈물이 쏟아졌다. 나는 이미 풀려버린 발끝에 마지막 힘을 모아 불빛을 향해 걷기 시작했다.

도로로 나와 뒤를 돌아보니 여전히 호수는 어둠으로 쌓여있었지만 더 이상 완벽한 어둠으로만 느껴지지는 않았다. 어둠 속에도 밝음은 있다. 어둠에 대한 막연한 두려움이 눈앞에 보이는 것들을 놓치게 만든 건지도 모른다. 미래에 대한 막연한 불안이 지금 눈앞의 소중한 일상들을 보지 못하게 가리는 것처럼.

그들의 밤은 낮보다 아름답다

"이 캄캄한 밤에

우리 집에 온 게 누구지?"

_ 《내 이름은 삐삐 롱스타킹》 중에서

삐삐 롱스타킹이
되기까지

삐삐의 진짜 이름이 '삐삐로타 델리카테사 윈도셰이드 맥
크렐민트 에프레임즈 도우터 롱스타킹'이라는 것도, 늘
긴 스타킹을 신고 다녀서가 아니라 스웨덴어 '롱스트럼
프'를 영어식으로 발음해서 롱스타킹이 됐다는 것도 〈말
괄량이 삐삐〉 시리즈가 끝나고 한참 뒤에야 알게 됐다.

이름은 나의 정체성을 나타내는 근본이 되지만, 안타
깝게도 내 의도와 상관없이 정해진다. 물론 예명을 쓰거
나 개명을 하는 예외의 경우가 있기는 하지만, 대부분 부
모가 정해준 이름대로 평생을 살아간다. 원하든 원하지
않든 말이다.

전학을 간 첫날 옆에 앉은 친구가 이름을 말해줬을 때

나는 몇 번이고 되물었다.

"장 뭐라고?"

"장모나리자."

"세상에 그렇게 긴 이름도 있어?"

"응. 그런데 이름 적을 땐 칸이 모자라서 장모나까지만 적어."

화가인 외할아버지가 제일 좋아하는 그림이 모나리자라서 친구의 이름은 수많은 이름 중에 하필 모나리자가 됐다. 다른 친구들은 모나라고 불렀지만 나는 그 친구를 부를 때 꼭 모나리자라고 불렀다. 다른 학교로 전학 가기 전까지 우리는 친하게 지냈는데, 난 한 번도 친구에게 이름이 마음에 드는지는 물어보지 않았다.

현정이라는 이름은 지금도 흔한 이름이지만, 내가 초등학교 다닐 무렵엔 더 흔해서 성까지 같은 현정이가 전교에 여러 명 있을 때도 있었다. 한 반에 꼭 두세 명의 현정이가 있어서 선생님들은 큰 현정, 작은 현정으로 불렀고 반이 바뀔 때마다 나는 번갈아서 큰 현정과 작은 현정이 됐다.

내 흔한 이름이 싫어서 태어날 동생에게만은 특별한 이름을 지어주고 싶었다. 아직 태어나지도 않은 동생의 얼굴과 분위기를 상상하며 매일매일 '현' 자 돌림의 여자

삐삐 롱스타킹이 되기까지

내 흔한 이름이 싫어서 태어날 동생에게만은

특별한 이름을 지어주고 싶었다.

이름과 남자 이름 한 개씩을 지었다. 현미, 현숙, 현지, 현영, 현철, 현민, 현근……

동생이 태어나기 전까지 수십 개의 이름이 지어졌다 사라지길 반복했다. 그리고 마지막 최종 후보 두 개가 남았다. 현미와 현철.

그리고 얼마 뒤 동생이 태어났다. 하지만 동생의 이름은 내가 지었던 이름과 전혀 다른 분위기의 '현재'가 됐다. 지금 생각하면 흔한 이름도 아니고 남녀 모두에게 어울리는 개성 있는 이름인 것도 같은데, 그 당시엔 여동생에게 남자 이름을 지어줬다고 생각했다.

이름 따라 산다는 말처럼, 동생 현재는 항상 내일 걱정을 미리 하는 나와 달리 오직 하루하루를 충실하게 살았다. 용돈을 받으면 그날 다 써버렸고, 다음날 시험이 있어도 친구와 만나 밤새 수다를 떨었다.

또, 맛있는 음식이 생기면 그 자리에서 다 먹어치웠다. 꿈도 없고 계획도 없다고 항상 핀잔을 줬지만, 한편으로는 대책 없이 오늘 하루를 오롯이 즐길 줄 아는 동생이 부러웠다.

어느 날 동생이 말했다.

"예전에는 내 이름이 싫었는데 요즘에는 좋아. 그냥 나 같잖아."

영화 〈콜 미 바이 유어 네임〉에서 가장 애틋했던 장면은 엘리오와 올리버가 자신의 이름으로 서로를 바꿔 부르는 장면이었다. 상대에게 자신의 이름을 명명함으로써 그 순간 자신의 정체성을 허물고 내가 상대가 되고 상대가 내가 된다는 것을 의미하기 때문이 아닐까.

이름은 내 것이지만, 내 이름을 부르는 것은 내가 아닌 다른 누군가다. 누군가에 의해 불린 이름을 듣고 우리는 비로소 내가 되고 나다워지는 것인지도 모르겠다.

다행이다. 동생이 현미도 현철이도 아닌, 현재라서.

삐삐 롱스타킹이 되기까지

"나, 훌륭한 공주가
아니야.
그냥 삐삐 롱스타킹이야."

_《삐삐는 어른이 되기 싫어》중에서

한복 입은
유학생

북유럽풍 가구, 북유럽풍 패브릭, 북유럽풍 인테리어와 같이 '북유럽풍'이라는 말이 한때 꽤나 유행했다. 하지만 여전히 스웨덴을 포함한 북유럽 문화는 다른 유럽 나라들에 비해 낯선 감이 있다.

지금도 낯선 스웨덴 땅에 100여 년 전 혈혈단신 시베리아 횡단열차를 타고 건너온 한국 여성이 있다는 기사는 내 호기심을 자극했다. 최영숙을 처음 알게 된 건 몇 해 전 봤던 〈콩나물 팔던 여인의 죽음〉이란 제목의 다큐멘터리 방송을 통해서였다.

그녀의 인생 여정은 대략 이렇다. 일제강점기 중국 유학 시절, 한 스웨덴 여성학자의 사상에 심취해 스무 살에 홀연히 스웨덴으로 유학을 떠나왔다. 최영숙은 뛰어난 어학 실력 덕분에 학생 신분으로 스웨덴 황태자 도서관에서 아르바이트를 하며 학비를 벌었고, 졸업한 뒤에는 유럽 여러 나라와 인도를 여행했다.

귀국 후 식민지 여성을 교육하겠다는 야심찬 계획을 세웠지만, 일자리를 얻지 못한 채 생활고에 시달리다 6개월 만에 스물여섯 짧은 생을 마감했다.

두꺼비호를 타고 전 세계를 항해했던 삐삐만큼이나 드라마틱한 그녀의 인생에 호기심이 발동한 나는 여기저기서 자료를 끌어모았다. 하지만, 안타깝게도 귀국 후 신문사 인터뷰 기사 몇 개를 제외하곤 자료가 거의 남아있지 않았다. 특히 관심이 갔던 스웨덴 유학 시절 자료는 쏙 빠져있었다.

더 이상 자료를 찾지 못해 관심이 시들해져 갈 무렵, 한 논문에서 그녀가 스웨덴에서 머물렀다는 기숙학교를 알아냈고, 눈곱만큼의 기대 없이 무작정 기숙학교의 기록보관소에 자료를 찾고 싶다는 메일을 보냈다.

몇 주 뒤 거짓말처럼 회신이 왔다. 메일 속에는 시간을 거슬러 100년 전 그녀가 그대로 있었다. 스웨덴 학생들 틈에 한복을 입은 최영숙은 한눈에 들어왔다. 그 순간 나도 모르게 가슴이 벅차올랐다.

한복 입은 유학생

시그투나 기숙학교 교정에서 최영숙과 친구들.

- 최영숙의 학생 카드.
- 최영숙이 스웨덴 작가 엘렌케이에게 쓴 편지.
- 최영숙이 학교 잡지에 기고했던 글.
- 시그투나 기숙학교 아카이브 데이에 전시된 최영숙 관련 기사들.

두꺼비호를 타고 전 세계를 항해했던 삐삐만큼이나

최영숙의 여정도 드라마틱하다.

스웨덴에 머무는 동안 최영숙이 머물렀던 시그투나 기숙학교에 두 번 찾아갔다. 기록보관소에는 메일로만 봤던 최영숙의 흑백 사진과 그녀가 스웨덴어로 쓴 에세이, 생활기록부까지 보관돼 있었다.

그 당시 기숙사와 학교 건물은 호텔과 예식장으로 용도가 바뀌긴 했지만, 사진 속에서 보던 그 모습 그대로였다. 마치 타임머신을 타고 온 듯, 100년 전 세상을 떠난 사람의 흔적이 이 먼 스웨덴에 고스란히 남아있다는 사실이 비현실적으로 다가왔다.

"영숙이 스웨덴에 좀 더 머물렀다면, 고국에서 좀 더 오래 살았다면, 더 많은 일을 했을 텐데 안타까워요."

기록보관소 담당자 이자벨의 한마디가 오래도록 마음에 남았다.

시그투나에 다녀온 날 밤, 스톡홀름 시립 도서관에 들렀다. 책을 좋아해 황태자 도서관에서 아르바이트를 했다던 최영숙도 그 당시 새로 지어진 이 도서관에 한 번쯤은 들르지 않았을까?

그리고 그 무렵 스톡홀름에 살고 있던 아스트리드 린드그렌도 시립 도서관에 들러 책을 읽었을지도 모른다. 어느 날 문득 책을 좋아하는 두 사람이 도서관에서 책을 찾다가 한 번쯤 마주쳤을지도 모른다는 행복한 상상을 해본다.

"앞날은
알 수 없는 거야."

_《꼬마 백만장자 삐삐》 중에서

오겡끼데스까

마유미를 만난 건 공원묘지 슈코크쉬르코 가든을 두 번째 방문했을 때였다. 가려고 마음먹었던 박물관이 공사로 휴관을 하는 바람에 나는 다시 슈코크쉬르코 가든에 들렀다. 이참에 지난번 놓쳤던 작은 교회 건물과 주변을 좀 더 둘러볼 계획이었다.

교회를 향해 걸어가고 있는데 뒤에서 인기척이 나 슬쩍 돌아보았다. 그곳에는 내 또래의 아시아 여성이 걷고 있었다. 그녀도 나와 목적지가 같은지 내 뒤를 계속해서 따라왔다. 반경 2킬로미터가 넘는 공원묘지에서 보이는 사람이라곤 그녀와 나뿐이었다.

뒤에서 따라가면 걷는 속도를 조절할 수 있지만, 앞서

걸으니 속도를 조절하기도 애매했다. 결국 뒤를 흘끔 돌아보다가 그녀와 눈이 딱 마주치고 말았다. 그녀와 나는 어색한 미소를 지었다. 특유의 억양만으로도 그녀가 일본 사람이라는 것을 단번에 알아차렸다.

알고 보니 그녀도 나와 같이 묘지를 처음 설계할 때 지었다는 작은 교회를 찾고 있는 중이라고 했다. 한참을 걸어도 교회를 찾을 수 없어 묘지 관리센터를 찾아가 교회 가는 길을 물었더니 둘 다 잘못된 방향으로 가고 있었다. 우린 지도를 보며 목적지까지 동행하기로 했다.

교회에 다다를 때까지 그녀와 나는 이런저런 이야기를 주고받았다. 일본 시골 마을 안과 의사인 그녀는 학회 때 잠시 다녀간 스웨덴에 마음을 뺏겨 휴가를 내 스웨덴을 여행하는 중이라고 했다.

그녀와 나 사이에 서툰 영어 따위는 전혀 문제 되지 않았다. 우리는 영어와 일본어, 한국어를 섞어가며 그동안 스웨덴에서 느낀 점에 대해 쉴 새 없이 떠들었다. 스웨덴에 대한 공통된 의견은 음식이 너무 맛이 없다는 것과 자연이 너무 아름답다는 것이었다. 그녀는 한국 음식이 무척 다양하고 맛있다며 칭찬했고, 나는 일본 의류 브랜드를 좋아한다고 말했다.

스웨덴에서 알게 된 사람 중에는 한국말을 꽤 잘하는

서양인이 더러 있었다. 대부분 의사소통은 가능했지만 상대방의 취향과 성격을 파악하려면 적어도 몇 주의 시간이 필요했고, 말로는 절대 설명할 수 없는 감정의 온도 차이를 느꼈다. 상대방도 나에게서 똑같은 감정을 느꼈을 것이다.

마유미는 일본인이고 나는 한국인이지만 둘 다 아시아인으로 비슷한 감성이 많았다. 그녀가 어떤 감정으로 말하는지, 어떤 성격이고 어떤 취향인지, 굳이 말하지 않아도 그냥 알 수 있었다. 서로를 파악하는 데 긴 시간이 필요하지 않았다.

마침내 작은 교회에 다다랐을 때 우리는 마치 며칠 동안 여행을 같이 한 사이처럼 편해져 있었다. 나는 그녀에게 '인생 사진'을 찍어주겠다며 이런저런 포즈를 요구했고, 화기애애하게 웃고 떠들며 함께 지하철역으로 향했다.

내일이면 집으로 돌아간다는 그녀에게 마지막 여행 목적지로 스톡홀름 시립 도서관을 추천했다. 도서관 근처에서 우리는 곧 다시 만날 친구처럼 서로에게 손을 흔들며 인사를 나눴다.

저녁 뉴스에서 한일 관계가 점점 최악으로 치닫고 있다는 기사가 나오던 날, 나는 유쾌한 마유미와 스톡홀름 시내를 산책했다.

오겡끼데스까

"어쨌든 우린
친구가 될 수 있겠지?"

_《내 이름은 삐삐 롱스타킹》 중에서

일일일독(1日1Dog)

스웨덴 지하철은 사람들이 코앞에서 마주 보고 앉도록 좌석이 배치돼있다. 그러다 보니 지하철에 타면 서로 최대한 멀리 떨어진 자리에 자릴 잡고, 사람들 대부분 시선을 피한 채 음악을 듣거나 책을 보거나 휴대폰을 본다. 지하철이 만원일 때도 할머니들끼리 수다를 떨거나 중년 아저씨들이 정치 이야기로 목소리를 높이거나 깔깔거리며 웃는 학생들을 찾아보기 어렵다.

이렇게 착 가라앉은 분위기 속에서 낯선 사람에게 먼저 말을 거는 건 쉬운 일이 아니다. 한마디로 스웨덴 사람과 친해지는 건 어렵다. 그런데 아주 우연히 단 몇 초 만에 어색한 침묵을 깨는 마법 같은 말 한마디를 찾았다. 단,

개를 동반한 사람이란 전제가 필요하다.

삐삐가 어디를 가든 닐슨 씨를 데리고 다니는 것처럼 스웨덴 사람들은 어디를 가든지 개를 데리고 다닌다. 서울의 명동 같은 중앙역에서 마주친 오스트레일리안셰퍼드는 너무나 근사했다. 스웨덴 사람의 까칠함을 아는 터라 선뜻 말을 걸기가 망설여졌지만, 햇빛을 받아 반짝거리는 털을 가진 셰퍼드의 멋진 모습을 놓치기가 너무 아까웠다. 용기를 내 벤치에 앉아있는 단발머리 중년 부인에게 슬며시 다가갔다.

"저, 개 사진을 한 장 찍어도 될까요?"

잔뜩 움츠러든 내게 돌아온 대답은 얼굴 가득한 미소와 함께 "물론이죠!"였다. 스톡홀름 외곽에 산다는 그녀는 방금 기차에서 내려 개와 산책을 하고 벤치에서 숨을 돌리고 있는 중이었다. 내가 사진을 찍고 나자 그녀는 선뜻 목줄을 내게 넘겨주며 개와 함께 내 사진을 찍어주겠다고 했다.

예상치 못한 셰퍼트 주인의 반응에 용기를 얻은 나는 지하철 안에서 또 한 번의 행운을 기대하며 조금 깐깐해 보이는 리트리버 주인에게 다가갔다.

"개 사진을 한 장 찍어도 될까요?"

까칠해보이던 할머니가 미소를 지으며 고개를 끄덕였

다. 그 한마디는 개와 함께 있는 스웨덴 사람 모두에게 통하는 '만능 질문'이었다!

그날 이후 나는 하루에 한 번 이상 개 사진을 찍었다. 일명 '일일일독1日1Dog'. 일일일독을 시작하면서 10대 소녀부터 80대 할아버지까지 다양한 스웨덴 사람들과 마주쳤고, 자연스럽게 그들과 이야기를 나눌 수 있었다.

그중엔 BTS 콘서트를 보기 위해 한국에 가려고 아르바이트를 하고 있다는 핏불 주인인 10대 소녀도 있었고, 매일 일곱 마리의 유기견을 데리고 산책을 나오는 아주머니도 있었고, 지하철을 타고 반려견 리트리버와 함께 일터로 출근한다는 청년도 있었다.

일일일독의 성공률은 100퍼센트였다. 처음엔 멋진 개들을 만날 목적이었지만, 시간이 지날수록 개 옆의 사람이 보였다. 낯선 스웨덴 사람에게 말을 걸고 싶다면 '일일일독'을 적극 추천한다.

일일일독(1日1Dog)

"우리 닐슨 씨랑 소풍가자."

_《내 이름은 삐삐 롱스타킹》 중에서

영원한 이방인

지하철역에서 까만 히잡을 두른 60대 정도로 보이는 한 여성이 나에게 다가와 길을 물었다. 그 길은 지하철과 트램, 버스를 갈아타는 복잡한 여정이라 설명하기가 난감한데다 그녀는 내 서툰 영어를 잘 알아듣지 못하는 눈치였다. 트램으로 갈아타기 위한 첫 번째 정류장까지만 겨우 설명해주고 각자 다른 문을 통해 지하철을 탔다.

떨어진 자리에 앉았는데도 지하철역 노선도를 두리번거리는 그녀의 흔들리는 눈동자가 느껴졌다. 마음이 불편해진 나는 구글 맵을 검색한 뒤 그녀 옆자리에 슬며시 다가가 앉았다.

내가 휴대폰 화면을 손가락으로 가리키며 반복해서 길

을 설명한 뒤에야 '예스, 예스(Yes, yes)'하며 그녀의 얼굴
에 옅은 미소가 떠올랐다. 스톡홀름 외곽에 산다는 그녀
가 낯선 이 동네까지 온 이유가 궁금했다.

그녀는 가방에서 병원 처방전으로 보이는 종이 한 장
과 여러 개의 안약을 꺼내 보이며 눈이 아프다는 시늉을
했다. 문득 내가 머물던 호텔 근처에서 대형 안과 병원을
스쳐봤던 기억이 났다. 그녀는 병원에 안과 진료를 받으
러 온 것 같았다.

인구가 적은 스웨덴은 일찍부터 난민을 받아들여 유럽
에서 인구 수에 비해 난민 인구가 가장 많은 나라 중 하
나다. 특히 시리아를 포함해 아랍권 국가에서 온 무슬림
이 눈에 많이 띄었다.

갑자기 인구가 늘어나자 공공시설이 부족해지고 각종
서비스 문제가 나타나면서 난민을 둘러싼 갈등도 점점
커지고 있었다. 지하철역마다 구걸하는 난민은 흔한 풍경
이 됐고, 스웨덴에 머무는 동안 중앙역과 관광지에서 열
리는 대규모 시위도 여러 번 목격했다.

아직 말도 서툴고 길도 잘 모르는 것으로 봐서 그녀는
스웨덴에 온 지 얼마 안 된 것 같았다.

"여기 온 지 얼마나 됐어요?"

"20년."

영원한 이방인

여기 온지 얼마나 됐어요?

_____

20년.

_____

대답을 잘못 들었다고 생각한 나는 되물었다. 시리아에서 왔다는 아주머니는 손가락을 하나하나 세며 2도 아니고 12도 아니고 정확하게 20이라고 다시 말했다. 무슬림 남편 중에는 부인이 밖에서 활동하는 것을 꺼려해 하루 종일 집에 갇혀 지내는 여성들이 제법 많다는 말을 들은 기억이 났다.

그들은 사회 활동을 하는 남성과 달리 집에 혼자 있으니 현지 언어를 배울 기회가 차단된다. 또 사람들과 만날 일도 없으니 그 나라 문화도 익히지 못한 채 점점 고립될 수 밖에 없다.

20년을 한 나라에 살면서도 의사소통도 못하는 그녀에게 집 밖 세상은 아직도 낯설고 위험해 보였다. 문득 그녀가 그동안 몇 번이나 집을 떠나 외출을 했을까, 스웨덴 어디까지 가봤을까, 하는 생각이 들었다.

장터 극장에서 가족을 먼저 떠나보내고 악당에게 목숨까지 잃을 뻔한 오로라 부인이 신세 한탄을 하는 장면을 본 삐삐가 울먹거리며 말한다.

"앞으로는 좋은 일만 생길 거예요."

그녀와 나는 헤어지면서 서로를 꼭 껴안았다. 그리고 마음속으로 나도 삐삐처럼 그녀를 응원했다.

'앞으로는 꼭 좋은 일만 일어날 거예요.'

"제발 그런 말 마세요!
앞으로는
좋은 일만 생길 거예요."

_《꼬마 백만장자 삐삐》 중에서

삐삐나라를
떠나며

조카가 크면서 엄마, 동생과 함께 미뤄오던 여행을 가기로 했다. 몇 주간 들뜬 마음으로 여행 준비를 했건만 여행 하루 전, 일이 생기는 바람에 계획은 틀어지고 동생과는 다음 여행을 기약하며 엄마와 딸과 셋이서만 여행을 떠났다. 그때까지만 해도 다음 기회가 없으리라는 것을 알지 못했다.

동생을 멀리 보내고 나서야 동생과 단둘이서 한 번도 여행을 해본 적이 없다는 사실을 깨달았다. 무기력한 나날을 보내던 어느 날 불현듯 나와 동생의 우상이었던 삐삐가 내게 다시 찾아왔고, 나는 가슴에 동생을 품고 함께 삐삐의 나라로 떠났다.

슈코크쉬르코 가든 언덕에서 불어오는 바람을 맞으며, 오덴플랑 거리 속 마주치는 인파속에서, 물새들이 한가롭게 헤엄치는 릴레홀먼 호숫가에서, 하얀 눈이 온 세상을 담요처럼 덮어버린 키루나에서, 나는 동생을 만났다.

여행을 마치고 돌아오는 길, 나는 비로소 알았다. 삐삐는 여전히 동생과 나의 우상이며 스웨덴 여행이 동생과 함께한 나의 첫 여행이라는 것을.

현
재
에
게

● 이 책에는 《내 이름은 롱스타킹》《꼬마 백만장자 삐삐》《삐삐는 어른이 되기 싫어》(시공주니어)에서 발췌된 문장들이 수록됐습니다.

• 《내 이름은 롱스타킹》 : p10, 17, 19, 29, 30, 42, 45, 48, 56, 60, 63, 95, 97~98, 148, 154, 183, 192, 201
• 《꼬마 백만장자 삐삐》 : p29, 49, 52, 71, 97, 120, 127, 153, 180
• 《삐삐는 어른이 되기 싫어》 : p86, 91, 104, 148, 157, 159, 167, 175

● 사진 출처 : 저자(전현정), 위키미디어(p80, 84, 156, 160, 206)

이 책은 강원도, 강원문화재단 후원으로 발간됐습니다.

안녕, 삐삐 롱스타킹

1판 1쇄 인쇄 | 2022. 12. 20.
1판 1쇄 발행 | 2022. 12. 27.

전현정 글 | 지수 그림

발행처 김영사 | 발행인 고세규
편집 김사랑 | **디자인** 홍윤정 | **마케팅** 서영호 | **홍보** 조은우, 박다솔
등록번호 제 406-2003-036호 | **등록일자** 1979. 5. 17.
주소 경기도 파주시 문발로 197(우10881)
전화 마케팅부 031-955-3100 | 편집부 031-955-3113~20 | 팩스 031-955-3111

값은 표지에 있습니다.
ISBN 978-89-349-9487-9 03810

좋은 독자가 좋은 책을 만듭니다.
김영사는 독자 여러분의 의견에 항상 귀 기울이고 있습니다.
전자우편 book@gimmyoung.com | 홈페이지 www.gimmyoungjr.com